新语文名家散文精选
谭曙方 主编

乡约如酒

王改瑛 著

山西出版传媒集团
北岳文艺出版社
BEIYUE LITERATURE & ART PUBLISHING HOUSE
·太原·

图书在版编目（CIP）数据

乡约如酒 / 王改瑛著 . — 太原：北岳文艺出版社，2021.8
（新语文名家散文精选 / 谭曙方主编）
ISBN 978-7-5378-6396-4

Ⅰ.①乡… Ⅱ.①王… Ⅲ.①散文集—中国—当代 Ⅳ.①I267

中国版本图书馆 CIP 数据核字 (2021) 第 115772 号

乡约如酒
王改瑛 著

//
出 品 人
郭文礼

策　　划
续小强　赵　婷

责任编辑
赵　婷

封面设计
萨福书衣坊

封面绘图
南塘秋

印装监制
郭　勇

出版发行：山西出版传媒集团·北岳文艺出版社
地址：山西省太原市并州南路 57 号
邮编：030012
电话：0351-5628696（发行部）　0351-5628688（总编室）
传真：0351-5628680
经销商：新华书店
印刷装订：山西人民印刷有限责任公司

开本：787mm×1092mm　1/16
字数：152 千字　印张：11.75
版次：2021 年 8 月第 1 版
印次：2021 年 8 月山西第 1 次印刷
书号：ISBN 978-7-5378-6396-4
定价：39.80 元

本书版权为本社独家所有，未经本社同意不得转载、摘编或复制

序

杜学文

  随着时间的变化,人从幼儿走向童年、少年。对于生命来说,这也许是一些最纯真、最富于诗意的时光。有家的呵护,有不断发现的新奇世界,有无限的可能性;还不会也不需要掩饰自己,不会也不需要考虑如何才能适应别人、适应社会。也许,从生命的成长过程来看,这是一个还不能也不需要承担责任的时刻,是一个不识愁滋味的时刻,是一个可以任性地放飞自己的时刻。当然,也是一个在潜移默化中被生活影响,并奠定自己未来走向基因的时刻。有很多的想象,很多的希望,很多的选择……但是,随着成长,这些"很多"变得越来越少,甚至成为不得不的唯一。这种想象的力量也许会对人的一生产生极为重要的影响。在很多时候,特别是对于成年人来说,想象似乎是虚幻的,非现实的,甚至是无意义的。但对于人整体来说,失去了想象力却是可怕的。如果这样的话,人们就只能匍匐在地面,而失去了星空,失去了更广阔、更丰富、更多姿多彩的世界——未来的可能性、现实的创造力、内心世界的感悟力,以及对幸福的体验与追求。所以,在人的生活中,除了现实存在之外,仍然需要保有提升情感体悟、净化精神世界、培养想象能力的生活方式。在很多时候,我们需要依靠艺术——当然也包括文学在内来实现这种想象。文学,不仅仅是表现生活的，也是想象生活的——建立在现实生活的基础之上，对未知世界与未来生活的理想构建。这种想象力的培养，也许在人的童年与少年时代更为重要。

实际上，每个人都在想象中成长、变化。在成人的世界里，这种想象越来越被现实生活所规定、制约。当一个人成为学生的时候，非学生的生活就不存在了。他必须在学生的前提下选择未来。但选择了通过读书来改变人生的时候，非读书的可能性也不存在了。尽管选择是对现实利弊的权衡，但仍然是对未来可能性的想象。当然，想象并不局限在这样的选择之中，人还有很多非现实的想象——对艺术世界的虚构，以及对不可知世界的精神性营造等等。前者可能会更多地影响人的情感，而后者则更多地影响人的创造。

事实上，每一个人在其幼年时期都会有想象的努力——自觉的与不自觉的。以我自己的经历言，曾经想象时间的停滞，希望知道时间停滞之后会发生什么。结果是时间并没有停滞，停滞的只是自己的某种状态。在我家乡村外的山脚下，有一条河。河中一个很小的瀑布下聚满了水。那水是深绿的，有点深不见底的感觉。我们那里把这样的地方称为"龙潭"，就是河中水很深的坑。旁边有一个石头垒起来的磨坊，里面有一座水磨——利用瀑布的落差来推动石磨。大人们说，这龙潭很深，一直能通到海底的龙王爷那里。我不太理解如何从太行山的地底通往大海，也不知道假若到了大海会怎么样，但却希望能够有一条龙带着我去看看大海。这大海与龙宫就成为幼年的我对未知世界的想象。

人的想象力当然是建立在社会生活之上的。如果没有听过大人们讲龙王的故事，就不可能去想象龙宫的景象。这种社会生活也隐含了人的价值判断与情感选择。当人们在其成长的幼年时代，能够更多地接受积极健康的价值观，接受良好的情感表达及其方式，其想象力将向着更美好、完善、向上的方向发展。人会在无意识中选择那种积极的表现方式。这也许会影响人的一生。就是说，在人成长的初期，想象力及其表现方式是非常重要的。

也许人们意识到了这种重要性，出现了很多希望能够满足童年或者少年人群精神需求的活动。游戏、体育、劳动、阅读，以及相关的艺术活动，包括文学阅读与创作活动。据说那些非常著名的作家往往会写一些少儿作品。而那些儿童文学作家则被认为是"最干净"的职业人群。正是他们，在那些如白纸一般的人心中绘画。他们使用的颜色、图案、创意将深刻地影响人的未来。而人们总是希望自己的未来将更为美好。

从这样的角度来看，北岳文艺出版社策划出版一套《新语文名家散文精选》就有了非常特殊的意义。这并不是一般的作家散文创作结集，而是有明确的目的指向——为那些正在成长的读书人提供可资参考的读本——它主要不是为了体现作家在艺术领域的探索创新，不是为了研究某个创作领域的来龙去脉，也不是为了让人们获得知识——当然我们也不能排除这样的功能。但无论如何，其核心目的是要为培养孩子们的想象力、审美能力提供一些看起来感到亲切的范文。至少会使读书的同学们能够在写作上有所参照。这是很有意义的。

从体例设计来看，也非常有效地体现了这种目的。这套书选择了十一位作家的散文作品。他们分别生活工作在山西的十一个地级市，有某种地域意味在内，也会强化读者"在身边"的认同。这些作家，大部分我都有接触，基本上了解他们的创作情况。其中有成果颇丰的老一辈作家，也有风头正健的中青年作家。他们的文学贡献也主要体现在散文领域。这对读者的阅读来说有很强的针对性。在每一篇作品的后面，还邀请各地从事教学的名师进行点评，以帮助读者更好地进入作品的艺术情境之中，领略作品的艺术特色，以及文中表露出来的情感状态、价值选择。这是非常好的设计。同时，还邀请相关的专家对每一位作者的作品进行比较专业的综合性论述，便于读者从全书的整体来把握作品。这些作品主要集中在"情"上——故乡之情、父母亲情、友情爱情、事业之情等等。其中一些堪称范文。当然也有一些知识性、研究性与介绍性的作品，亦可丰富拓展读者的视野、心胸。通过这些作品，我们不仅会感受到不同时期人们的生活状态、情感状态，还可以理解作家们表达情感、进行描写的艺术手法，既有助于同学们想象力、创造力的提升，亦有助于同学们写作能力的提高。

人的生活状态至少有两个方面。一是显性的、可见的。比如学习成绩、创作成就、劳动收获等等。但还有另一种是隐性的、不可见的。如你会因为学习成绩提高而感到高兴、欣慰；会因为自己的作品受到读者喜爱而增强了创作的动力；秋天收获的时候，会因为这一年风调雨顺有了好收成而感到欣喜，增强了过好日子的信心等等。也可能因为这些，你会更努力地工作学习，更尊重别人的劳动付出，更希望自己做一个好人、优秀的人。相对来说，那些显性的、可见的生活状态往往受到人们的重视，因为其直观，有功利性。但也许那些隐性的、不可见的生活状态对人的成长、完善，以及激发内在动力与想象力、创造力更加重要。它们虽然看不到、摸不着，似有若无，但往往决定了人的情趣、视野、眼界、胸怀，以及精神状态、价值选择与审美能力。正因为这些东西的存在，使你能够更好地面对社会、人生，正确地选择自己的道路、方法，感受到生活的美好、幸福，并保有追求更美好未来的力量与信心。这样来看，这套书意义重大。我真诚地希望大家能够喜欢，也希望有更多的适应同学们阅读的好书面世。

2021年3月21日于晋阳

（杜学文，山西省作家协会主席，著名文学评论家）

现代背景下的乡土精神及场景再现

/ 张锐锋

奥地利作家穆齐尔在一次访谈中谈道:"我感兴趣的是精神上典型的东西……是事件的幽灵。"事实上,每一个作家都试图追逐"事件的幽灵",寻找那些已经在自己的内心放置了很久的东西。人的记忆是有限的,但是记忆对于一个人来说却具有无与伦比的精神塑造力,它使我们不断地在往事中捕捉自己的影子,在现实生活中找到选择的依据。关键是,这些记忆中的内容经过时间的打磨,一部分已经失去了光泽,而另一部分似乎变得熠熠生辉。为什么会这样?回答是,记忆能够将价值存储起来,生活本身已经赋予一些东西以精神的光芒。

为了从纷至沓来的记忆中将有价值的东西加以辨认、识别和提炼,需要作家付出极大的耐心和艰难的思考。就像一个实验室的研究人员一样,不断地在玻璃试管中加入各种试剂,最后找出一种物质的精确成分。所不同的是,作家必须用与之匹配的语言,以及适合于自己的写作形式,给出一个方程解。王改瑛的散文集就是这样一部令人感动的著作,它体现了现代社会中存在于一代人内心深处的乡土精神。从某种角度说,乡土是一个正在崩溃的概念,仿佛它只属于过去,属于中国几千年的农耕时代。但是,在一个速度带走一切的工业时代、信息时代,经济占主导地位的时代,"乡土"被重新推向前台,它将我们内心的秘密，揭示出来。

　　为什么会这样？很容易想到，我们都是从乡土社会走出来的，都有出生和成长的土壤环境，它给予我们的，不仅仅是生活的初始条件，更重要的是，它将某种顽固的基因植入到我们的灵魂中，使我们的一生中携带了它的影子。奇异的是，当我们曾经在那样的环境之中，度过每一个日子的时候，并不觉得乡土给予我们的东西。甚至，它给予我们更多的是苦痛、忧愁和单调的煎熬。它是这样的平凡，以至于太过简单，太过贫乏。我们所需的，似乎并不在这里，而是在遥远的另一个地方。这正像19世纪法国诗人兰波的著名诗句："生活在别处。"因而，乡土成为某种束缚我们的存在物，它似乎有一种将我们凝固于它怀抱中的力量，它激起我们反叛的欲望、挣脱羁绊的欲望、逃亡的欲望。

　　实际上，我们发现，乡土是挣不脱的，就像行星挣不脱太阳的引力。不论你飞向什么地方，不论你离开乡土有多远，或者，你认为自己已经完全远离了曾经令你厌倦的乡土，可是有一天你会发现，你的生活仍然有一个无形的力，从远处牵引着自己。甚至，我们乃是离开乡土而寻找乡土的掘宝者。这让我想到了美洲幻想作家博尔赫斯以《一千零一夜》故事为原本改编的小说《双梦记》：一个家道没落的人在祖传的园子里睡着了，他梦到一个人对他说，你的好运在波斯的伊斯法罕，去找吧。醒来之后，这个人就开始了漫长的旅程，历尽艰难前往遥远的波斯。终于到达波斯，在伊斯法罕一座清真寺旁躺着过夜，恰逢巡夜的士兵搜捕一伙强盗，发现了他。士兵们用竹杖打他，提审他时，他如实供述了自己的经过。士兵队长听后嘲笑这个傻瓜，告诉他，自己曾三次梦见开罗的一所房子后面埋有宝藏，根本就不相信梦中的事情，并释放了这个为了一个梦而长途跋涉的人。接着，这个人回到开罗，在自己的房屋后面，即士兵队长梦中的地点，挖出了财宝。

这一充满寓言意味的故事,很适于讲述我们埋藏于内心的乡土,它仅仅给我们一个启示,一个梦。事实上,这已经足够了。曾经无数次呈现于眼前的一切,需要我们长途跋涉、历尽沧桑地到另一个地方寻找。一切是那样的熟悉,就像开罗人熟悉自己的园子里的无花果树和喷泉水池一样。王改瑛的《乡约如酒》中一个个人物形象,曾经就在我们的身边。她所讲述的事情,也曾经发生于我们的生活中。正如她在《栅口上的乡亲》开篇所说:"故乡在人的记忆中,是永远抹不掉的……你的梦中,总会有院子里的老槐、门前的一对石狮,抑或风雨飘摇几十年的老屋。"这就是价值的力量,乡土被赋予了宗教般的魔力。

在《收秋》中,作者讲述了一个普通农妇——母亲的故事。她这样描写:"母亲接纳不了城市,一如城市也接纳不了母亲。在土地与儿女之间,母亲选择了前者。"她接着说:"每年秋收时母亲都要亲自参加,跟在我们身后一粒一粒地捡拾玉米,像捡寻一颗颗遗落的金子……有一年春天,母亲随着我们进城住,把地租给了别人,半个月后她就一副失魂落魄的样子,好像丢了魂似的,老喊着要回家看看。"倔强的老人第二年还是收回了土地,自己来享受春耕秋收的日子。作者给我们描述了一幅关于农家秋天的图景:"深秋,母亲总是在午后坐在院子里,边敲打老了的老豆角,边看着她的收成。看到哪里散落了几颗,便不顾自己腿脚的麻痛,一定要艰难地站起来,弯下腰一颗一颗拣回的。有时她敲打着葵花籽,像想起什么似的,会突然站起,把一个个挑拣出的玉米棒子编织成一挂,让我们一挂一挂地挂上枣树……"

这是多么让人感动的情景,可它曾经就是我们身边的日子!正如作者在《走不出的村庄》中所说:"我飞驰在广袤的原野上,却怎么也走不出土地,走不出村庄。"是的,我们每一个人都是如此,我们都有自己的村庄,自己的家园。我从王改瑛的文学作品中,感受到的是质朴淳厚的感情以及浓郁的田园气息。她文中的每一个人物以及每一个故事,都带着满身尘土和汗水,带着对于乡土的坚守和对命运安排的欣然应诺,并接受这一安详、简单、意味无穷的事实。他们似乎看到了变化的世界最终要接受乡土的审视,接受精神的检验,就像天上的飞鸟,最终需要回归于树上的巢。只有一片可以踏脚、可以栖息的土地,才可以安置任何曾经骚动不安的灵魂。

从思维方式上看,王改瑛女士更像一位小说家。其作品似乎带有小说的印记。其中的对话、场景的转换、悬念的暗设、结构的安排,以及叙述方式,都将小说的技巧运用其中。这样的散文,给我们以强烈的现场感,让读者能够身临其境,并与文中的人物在同一时空中感受生活,思考其境况和意义。当然,这样的效果,是以牺牲散文叙事的现场真实性为代价的,它更易于让人倾向于在阅读一个虚构的小说故事。当然,一种优点的确立必然以凸显另一意义上的缺点为结局,并以此确认作家的个性特点。人们习惯于将文学分为虚构文学与非虚构文学,事实上,这两者之间很难找到分野。文学创作中涉及的真实性,不需要法庭式的判决,在证据缺席的情形下,一切取决于写作的魅力,这是唯一取信于读者的方法。我们甚至更加相信鲁迅笔下的闰土及其故事的真实性,却无法鉴别朱自清散文中所涉的事实是否为作者虚构。

从文学的角度说,一种文学形式的探索是永无止境的,而在探索的过程中,其探索的深度往往取决于一种文体侵入另一种文体的深度——也许,正是在文体之间互侵的过程中决出边界。什么是散文?实际上迄今为止谁也没有真正回答过这个问题。新文学运动的先驱者胡适先生曾在其著作《白话文学史》中,将散文定义为实用的文学。他指出:"韵文是抒情的,歌唱的,所以小百姓的歌哭哀怨都从这里面发泄出来，所以民间的韵文发达得最早。然而韵文又是不大关实用的，所以容易被无聊的清客文丐拿去巴结帝王卿相，拿去歌功颂德，献媚奉承，所以韵文又最容易贵族化，最容易变成无内容的装饰品与奢侈品……""散文却不然。散文最初的用处不是抒情的，乃是实用的。记事、达义、说理，都是实际的用途。"胡适只是从散文的功能上做了阐述，的确找到了中国散文相对于韵文的存在意义。

中国古代的散文在先秦时代就有了充分的发展，但是它与学术文、应用文混合在一起，所谓的文史哲不分。散文并没有形成独立的审美形态。中国古代散文一直秉承了这样的传统，占据统治地位的主流，使我们取得散文的明确定义，变得极度的困难。文学散文和非文学散文一直没有划清界限。古代的诗赋作品，通常采用从语言节奏、韵律上的角度划分，比如，四言、五言、七言、杂言、古诗、律诗、古赋、骈赋、律赋、文赋等等。从内容上，有山水诗、咏怀诗、京都赋、江海赋等等。但是，散文的审美价值一直没有受到足够的重视，古代散文一直停留在实用意义上。散文仅仅相对于韵文、骈体文而存在，就是无韵文。包括的范围很广。

比如说，诸子（孔子、墨子等经典文献）、疏证（解文释义）、平议（《文心雕龙》《史通》）。历史方面有，纪传（《尚书》）、编年、国别史、地志、别传、杂事、学案等等；公牍方面，有诏诰、奏议、判批、告示、诉状、录供等等；典章方面，比如说，周礼、六典，以及法律文书等等；杂文方面，论说、对策、杂记、述序、书札，也就是书信等等。一定要分类的话，可以分为描写文，比如杂记；叙事文，比如碑文、传状、祭文；解释文，比如序跋、赠序、诏令、奏议、赞颂；辩论文，比如论辩、书说等等。

可是今天的文学早已摆脱了实用的目的，它更倾向于表现人的内在精神和审美内容。散文的边界及其形式，不仅需要理论家展开探讨，建立直观、简明、可信的理论,更需要散文家在创作中解决。我以为,王改瑛女士的散文写作,可以视为文体之间的试探式靠拢,也许这是一种有意的探寻,其意义耐人寻味。总之,一切探索作为创新的尝试,都具有难以预料的价值。没有创新的传统,是死的传统,无意义的传统;没有创新的文学,是没有未来的文学,是无前途、无价值的文学。

(作者系全国著名作家、散文家,山西省作家协会副主席,国家一级作家。文学著作有《幽火》《别人的宫殿》《蝴蝶的翅膀》《世界的形象》《祖先的深度》《被炉火照彻》《河流》《月亮》《文学王》等。)

目录

第一辑 乡约如酒

003 栅口上的乡亲
008 小桃红
015 收　秋
019 走不出的村庄
022 出人头地
027 一川风情一川秋
031 从深处飘来的牧歌
036 守望乡野
041 西口的父亲
052 唱大戏
059 看　河
064 戏　台
068 椒园纪事
074 瑞雪兆丰年
078 河曲民歌中的祖辈们
087 等待收成

第二辑 行旅情思

- 099 情植野史亭
- 105 我的牧场
- 108 思想的印痕无处不在
     ——平遥漫思
- 119 野性的魅力
     ——感受张家界
- 128 飘逸的梨园
- 136 流淌的歌声
     ——感受黄崖洞
- 139 夏日咏柳
- 142 善行天下
     ——追寻运城李氏家族的善迹
- 155 评《白朴全集》的文学贡献（节选）

- 165 该书写怎样的故乡？
     ——读王改瑛散文集《乡约如酒》　　　/毛郭平
- 171 后　记

第一辑

乡约如酒

故乡在人的记忆中,
是永远抹不掉的。
哪怕你久别故乡远在天涯,
你历经艰辛终成大器,
哪怕你在故乡仅仅是懵懂的童年。
在你的梦中,
总会有院子里的老槐、门前的一对石狮,
抑或风雨飘摇几十年的老屋
我虽已在外漂泊多年……

栅口上的乡亲

故乡在人的记忆中,是永远抹不掉的。哪怕你久别故乡远在天涯,你历经艰辛终成大器,哪怕你在故乡仅仅是懵懂的童年。在你的梦中,总会有院子里的老槐、门前的一对石狮,抑或风雨飘摇几十年的老屋。

我虽已在外漂泊多年,但故乡于我却十分熟悉。那街巷砖石、故垣老院及乡亲的音容笑貌,一闭眼便活灵活现。人常说,嫁出去的姑娘泼出去的水,姑娘出嫁后回娘家,走到村口,人们会问:"来了?"对我也不例外,但因我经常回村子探望母亲之故,村里人现在便改口为:"回来啦?"这使我有种被认同的满足感。

故乡于我,铭心刻骨的还是栅口。

不知从何代起,村西北街口就叫栅口了,想是祖先们在此繁衍生息时,常有野狼野狍出没,因而先人们在村西挖了壕沟,栽了木橛、树枝、篱笆什么的,以免野兽侵扰,大抵如此吧。村子长二里,宽亦里半,虽总体略显西高东低,但地处平展展的十八村水地,总的说来还是平坦的。唯栅口突兀而起,形成宽敞的平台,一字儿排了十几户人家(我家就在栅口上住着),于是居高临下的栅口就成了人们坐街的地儿。夏日里,凭了临街的院墙和几株硕大的槐村冠,女人们一边纳凉,一边纳鞋底儿,享受从西口吹来的凉风;男人们呢,或是抽几锅旱烟,卷几根兰花花,听烟头咝咝作响,说说庄稼的长势,说说家长里短;冬日里,趁着有暖阳的时候,裹了棉袄一边晒太阳,一边谈谈国事家事天下事。中间有一两个识文断字的,找张报纸给大伙儿念念,听听美国怎么制裁伊拉克,或是明年种什么好,种什么赚钱……这里既是本村的新闻发布中心,又是本村人上地的必经之路,遇上出工上地的,或西八村来的,拉拉话儿,村里村外的事,十有八九就都知道了。最难得的是栅口上的人和睦得少有,周围二三十户人家很少有脸红、吵架的;一茬一茬的孩子们也十分要好,难免有个调皮捣蛋的欺负了老实的,大人就要呵斥自家孩子一番。所以孩子们一茬茬长大,飞离老巢了,也总念念不忘栅口上,常在梦里和同伴玩在一起。有的孩子成家了,要起房盖屋,搬离了栅口,不管多远也要隔三岔五地回来,到原来的邻家串串门儿。走到谁家,谁家就像迎接自家远道而来的亲戚,茶果瓜子一样不少,话儿拉着,茶水续上,使人舒服得就像在自个儿家里。更有那城里离退休的,不在城里享福,偏要回村住,说城里闷得慌,连个串门的地方也没有,村里想去谁家,大门随时敞开着。

从小就在这人堆里长大,早已习惯了他们那份宁静、平和的心态。他们的消息并不闭塞,可他们对生活没有过高的奢望,从来不像城里人那样翻江倒海地躁动。所以,每当我拖着疲惫的身心回到村口时,乡亲一声亲切的招呼,便使我原先紧绷的神经悠然一松,心境平静得如一缕和风,"二闺女回来啦,又瞧你妈来了?"只这么一句,我就会感受到他们父辈般的深情,他们赞许的目光一直送我到院门口。看见我拿的东西多,会有人主动帮忙送进来。

跟母亲畅叙之后,在半后晌我总会拿个小板凳或草团儿什么的,扎在女人堆里,看她们织毛衣或纳鞋衬儿。她们手里绕着线团儿,或纳着鞋底儿、鞋衬儿,嘴上却一刻也不失闲,手快嘴也快。或有家事摆不平的,找人评评理儿,众人说合说合,心里的气儿就消了,回去就不会窝火了;或有婚丧大事一时没了主意的,就和大伙儿商量商量,大家你一言我一语,心里就有个谱儿了;谁家要聘闺女,大馍馍(花馍馍、面塑）捏得好，相跟着瞧瞧去，又长见识又学手艺；谁的鞋衬扎得好，互相比试比试，手巧的教手拙的，有花样的教没花样的；谁家的窗花儿画得好，咋用色，咋铺底，咋拓样子，咋构思哩，一一记在心上，回家先照猫画虎，慢慢便青出于蓝而胜于蓝了，所以村里姑嫂中巧手多得是。她们在追求世俗情趣的同时，会融入她们特有的审美韵味和人性关怀。更有夏夜，川川家三个水灵灵的闺女婉转清亮的歌声在这里飘荡；或有谁家搬出彩电、VCD，放着羊肉汤般鲜美的二人台；或是在院灯下，如醉如痴地看《激情燃烧的岁月》，一边又在品评夫妻情、男女爱，回家搂着媳妇，说着不绝的绵绵絮语……城里人的激情，乡下人一点也不缺乏。人都一样，谁也不是省油的灯。

若是谁家有了婚丧大事，那他家的事筵，就是大家伙儿的事筵。周围这几十户人家都是帮手，炸糕的、蒸馍的、切菜的、洗碗的，分工有序，忙而不乱。遇红事筵，东家你该穿红戴绿你就穿红戴绿，该公公背媳妇你尽管背去，该过天桥，你就披着破皮袄手拿筛箩头戴辣椒出你的洋相去；遇上白事筵，该你披麻戴孝你就当孝子去，这两天你诸事不用操心，你哭好了，事筵就办好了。总管问你要甚你就给甚，用人不疑，疑人不用。我上高中那会儿，家里连个自行车都买不起，还是大伯推出一辆旧自行车给我用，那是北京工作的大姐留下的。车子虽旧，闸都没了，连脚蹬也是木头的，但总算能上学了。至此，我知道了"滴水之恩，涌泉相报"的道理。栅口上住着个叫喜亮的光棍，人生得老实憨厚，一辈子说不了几句话，守着祖宗两百多年前的老屋过日子。他一生勤俭质朴，只知道干活。谁家盖房，叫一声喜亮，喜亮就来了，脚步轻得连响声都没有。人们见他一人过，碰到午饭或晚饭，总要挽留，喜亮却是怎么也留不住的。去年雨水大，眼瞅着他的房要塌了，人们劝他盖新房，他也狠了狠心，拿出自己一生的积蓄，准备起房盖屋。栅口上的人一听说他要盖房，都来帮忙，用橼用砖，有现成的就不用买了；用沙用水泥，王家儿子在水泥厂，让他给你捎回几袋；干活的人没烟抽，成叔叔给买回三条……男人们白天打地基、抹墙、调泥，干完活带一身疲累回家，会对妻子说：喜亮可怜，不用他招待。愣是盖起三间亮堂堂的瓦房。喜亮嘴上不会说一句感激的话，可心里的泪流得哗哗的……栅口上还有一个退伍军人，也未娶妻。因为与街东一家的纠葛，他被送进看守所，吃了不少苦头，为此他曾绝食以示抗议。这事儿一出，平日能忍能让的栅口人挺身而出，纷纷作证，并联合签名为他洗清冤孽，不仅如此，还要上诉检察院！此时的乡亲们像冷却已久的火山，会突然喷射出愤怒的火焰。

这就是我栅口上的乡亲，他们不求大富大贵，只求平和安宁；不求做"人上人"，但求无愧于心，这里绝不会有称霸一方的九爷、七爷之类的人物出现，谁要做错了事，你可以对不起某一家，但你不能对不起栅口上的人。若敢那样做，第二天你只要一出门，就会碰到鄙夷的目光。他们绝不是刻意迎合谁或挤兑谁，他们凡事要循个理儿。他们的心如潺潺流动的一泓清泉，心潭里，该留的留下了，不该留的荡然无存，约定俗成，这便是一种最恒久的民俗、最永恒的民心。

虽然现今的城里人拼命想忘却自己曾经是乡下人，我却像他们向往城市那样，向往乡村……向往乡村的宁静、和谐和豁达情怀……

"没有故乡的人寻找天堂，有故乡的人回到故乡"，的确如此，读《栅口上的乡亲》，内心涌动着久违的感动。作者饱含深情，讲述了栅口上的乡亲朴实的生活故事，展示了故乡美丽的原风景，赞美了这里的淳朴民风。通过栅口，我们再次走进乡土中国，对脚下这片土地增加了更多的敬重和热爱。

栅口，是作者故乡的一个特定地理位置和生活场景，在中国的村庄比比皆是。正因如此，一开始我们并没有过多的阅读期待，但我们从这篇看起来平实无华的作品中，读出了大爱，读出了中国农人乐观、坚韧的精神品格，读出了作者广阔而深远的心境与情怀。作家的书写不是依靠情绪就可以完成的，需要用心去体察人情冷暖，提炼普通生活中生动的部分，进而以得体的叙述方式，引领读者去经历并融洽。我们之所以会感动，正是因为作者在书写过程中投入了这样的心血，其思想的深度与广度打动了我们。

　　本文具备了一篇优秀散文的特质。细腻的笔触清晰地勾画出了故乡栅口上人们亲切和谐而充满朝气的精神风貌，一张张鲜活的面孔跃然纸上，强烈的生活气息扑面而来，人们在日常琐碎中深藏着的良与善，深深地打动着读者的心。这就是散文的真实，不在于真相而在于情感。尽管只是回忆，尽管只是作者自己的故乡，却让我们看到了整个中国乡村，看到了所有的中国农人，看到了人性的美好，看到了生生不息的希望。

（闫庆梅）

> 闫庆梅，现供职于忻州市文联，任《五台山》杂志副主编。自2004年开始陆续在各省市报刊发表诗歌、散文、评论等30余万字，2009年出版个人散文集《尘土之色》。

小桃红

小桃红是我家的邻居。乡里的习俗，男人就是天，男人的名字自然就是这家的代称喽，可小桃红家例外，说"三三"（她的男人叫"三三"），有的人恐怕不知道，可一说小桃红，村里连三岁的娃娃都知道。外村人问到小桃红，孩子们保准会指着村西说："外灰桃红在村西栅栅上住的哩！"

"灰小桃红"这一称呼有一种特殊的含义，俗话说，人怕出名猪怕壮，小桃红"灰名"在外，并不是因为别的，只因了她自个儿的三件宝：一是耍钱；二是乜笑；三是在人群中不时引爆"炸弹"。

村里唱戏，戏台下人头攒动，黑压压的一戏场人。众人正听得如痴如醉，突然，人群中咚的一声，众人闻声望去，眼光都落在她和同伴身上，这时，小桃红会一本正经地数落同伴："你才出鲜哩，人场场也不怕丢人。"气得同伴又臊又急："……你，你……"指着她半天说不出话来，她却捂了嘴，站在一旁看热闹似的乜笑……

农闲时节，谁家炕上围了一伙人，众人脖颈伸得鸭子似的往炕桌上瞧："啪""三棍""……吃住"。下家看似不紧不慢，心中却窃喜："打七棍"，下下家摇摇头，手压在麻将垛上，摸宝似的迟迟不敢起牌。他用拇指、中指、食指搓摸着牌，脑子里却在迅速地判断牌面，众人屏了气，空气静得连针掉地下都听得见，此时，只听咚的一声，震得众人目瞪口呆，以为雷炸了或是炕塌了，正在众人面面相觑、茫然不知所措时，一股怪味袭来，众人这才恍然大悟，掩了鼻哄堂大笑，紧挨小桃红的"三三"深受其"益"，便剜她一眼："管束住点，还崩塌炕哩！"众人笑得直揉肠子……小桃红也捂了嘴，"咯咯咯"笑得跟母鸡下蛋似的，自个儿止也止不住，三三又恨又气瞪她一眼："乜笑！"又搓摸牌去了……

别看小桃红有这毛病，却生得一表人才，如今五十多岁的人了，风韵不减当年。想当年，十里八村的后生叫她撩逗得魂不守舍，隔三岔五往三吉村跑。她家有个相框，左边是梁山伯与祝英台的画，右边是小桃红本人，两张照片一对照，小桃红毫不逊色。八寸的照片上，两把短刷子，额前刘海自然飘拂，明眸皓齿，朱唇微启，烟色西服小翻领褂子，沉稳大方，气质高雅，乍一看还以为是受过高等教育的知识分子呢！小桃红其实讲不来梁祝的故事，只知他们相好得很，就像她和三三一样，小桃红便十分向往。

小桃红是外乡人。我出生那年，有天，我们家来了一对讨饭的母女，母女俩衣衫褴褛，冻得瑟瑟发抖，我在母亲肚子里看着那闺女脏兮兮的小手不停地擤着鼻涕，手上裂开的口子血糊糊的，便随了母亲赶忙拉她们上炕暖脚。母亲又是端水，又是热饭，还把父亲的旧皮袄拿给她们穿，惹得那中年妇女眼泪扑簌簌往下掉，连连说："碰着好心人了，碰上好人了。"等母女俩美美地吃饱饭后，那闺女脸上泛起了红晕。母亲细看，这闺女十二三的样子，端庄的瓜子脸，扑闪着两只大眼，挺招人喜欢的。那当娘的叹口气说，闺女她爹已经死了，山上穷得过不了，只好"刮听"（讨饭），母亲同病相怜情生悲切，二人鼻涕一把、泪一把说得十分投缘。这时母亲忽然想到，放羊汉老俊民家的三三不是等媳妇吗？给这闺女找下婆家，母女俩不就有依靠了吗？

于是，小桃红就留在了老俊民家。

这老俊民家虽是一家三代放羊出身，在村里却算是个富裕户，主家的婆婆勤俭节约，十分能干要强，日子过得像模像样。前两房媳妇都生得细皮嫩肉，让婆婆调教得跟水葱似的。家务也料理得井井有条。但对天性自由的小桃红却毫无办法，调教了几年也调教不出个样来。只是这闺女越长越水灵，身材顺溜溜的，楚楚动人。村里时兴唱秧歌，她看上几出就会了。人家场内演，她在场外学，众人一看这是块好料子，便拉着上了场。一亮相，翩翩而飞，纯真烂漫，赢得满场彩！

小桃红十六岁的时候，婆婆给两人成了亲。婚后的小桃红益发春色桃柳，小两口恩恩爱爱、自由自在。秋后，三三告别了娇妻，上山放羊赚钱，小桃红天生爱好看，她每天起来的第一件事仍是洗脸打扮。婆婆"视察"她的家时，小桃红正对了镜子描眉。小桃红的眉刷子与众不同，她会从自己的大辫子上剪一撮硬头发，用细线捆扎而成，然后在锅底上把眉刷蹭黑了，再由眉心向眉尾一下一下地描，黑葱葱的柳叶眉就成形了；随后又从窗户上扯一角梅红纸，双唇一抿，小嘴顿时像五月鲜桃，娇嫩欲滴；最后再敷上三三从外乡买回的胭脂，整个人就春风满面了。这时婆婆放大了的脚已跨进门槛，嗔怪的话音也跟着进了门："就长了个好眉眼，画那能吃呀能喝？"边说边噔噔噔地上了炕，把裹了的裤腿往炕沿上一搭，叠被扫炕擦窗台，旋又下地掏灰捣炭搭火底。小桃红不愠不恼，也不帮忙，站在一边嘻嘻地笑着："不用您做，小心脏了您的手，这点事还能难倒我？"这一笑一说，婆婆的气烟消云散。一切停当。锅上冒起热气之后，婆婆拍拍身上的灰尘，完后又蘸了水抿抿小饼饼头，扭身要走，又不放心，回身吩咐："早起早睡，收拾好家，等着三三回来，啊？""哼！看你哪有做媳妇的样子！？"便二脚一挑，迈了大脚，一阵风似的刮走了。留了小桃红，倚着门框只是嘻嘻地乜笑，不管锅溢了还是火欠了，依然不紧不慢。年复一年，日复一日，丝毫没有改变。

小桃红一人在家，整天闲得慌。她家临街，村里的小伙子们忍不住要从门缝里瞧这个俏媳妇，对天给院里扔石头，对天又爬墙头。门前有根电杆，后生们常常假装上去修喇叭，眼睛却往她家院里眊，村里爬过电杆的不下一个排。这小桃红呢，常对镜自怜，有时过于出神不由得笑出声来，惹得墙头上、电杆上的后生们哄笑。小桃红便跑出院里骂他们几句，骂得急了，后生们反而厚着脸皮死赖，"亮亮你那好嗓嗓哇，揣揣你那绵手手吧？""有种的你下来！""下来就下来！"他们顺杆子往下爬，索性跳到院子里。这可真是豆腐掉在灰堆里，吹不得打不得，小桃红气得又噘嘴又跺脚，却毫无办法。其实这几个赖皮也是看着她好看，逗逗她的，别的非分之想也不敢有——怕三三的羊鞭哩！却是帮了小桃红不少忙，掏灰抱柴，抢着撮炭。三三知道她一个人闷，就从山里给小桃红买了一副纸牌，还有骰子，这一来，小桃红家就热闹了。小桃红为的是解闷；别人呢，鬼知道他们在想什么，各怀鬼胎。

时间一长，小桃红便有了赌瘾，每天不摸一回好像丢了魂似的。怀里是白白胖胖的儿子，眼却忙不迭地看牌，儿子一闹，急了，索性把儿子撂在一边，由他胡抓乱摸。衣顾不得洗，饭顾不得做，做饭总是少盐没醋的。油早在锅里冒烟了，葱和花椒面还没影呢！"肉毛，快问你妈借点，要不锅就炸了！"肉毛急得百米冲刺似的跑回家："妈，快，快点，花椒、葱！"等肉毛妈做好饭叫肉毛时，小桃红饭也出锅了："肉毛，快上炕吃。"咯咯咯笑得跟母鸡下蛋似的。

每到春天，放羊汉三三走也不是，在也不是。走了吧，撂下娘儿俩不放心；在吧，又挣不下钱，整日价眉头紧锁。小桃红一看三三的脸色，就知道他的心思，她腿儿一挑上了炕，往三三怀里一坐，绵手手搭在三三肩上："放心吧，我和儿子等你回来。"三三的脸这才由阴转晴。

一来二往，小桃红的赌瘾越来越大，从此一发不可收拾。从村东到村西，从本村到外村，方圆几十里村村有她的赌友。走在哪圪垯，就把嘴带到哪圪垯。一上赌桌，就脱不得身了，八九个小时不下场，你想憋急了的气不就成炸弹了吗？孩子呢，长走就给婆婆一扔；短走呢，给邻居家一放。大脚一挑，半月二十天不见面。输了，有时就短下人家了，赢家会不满地说："小桃红输了钱不给人。"偶尔赢了呢，回来便油头粉面，楞格铮铮的裤缝刮得人手疼。回家又是包饺子，又是煮一大锅的排骨，谁进来谁吃，她自己还没顾得上吃呢，一锅的排骨早不见了，她依然笑得跟母鸡下蛋似的，不过，早给三三、儿子、婆婆和没来的芳邻左右留着了。

在赌场上，众人摸牌摸得腰困腿酸，哈欠连天，有人便会说："小桃红，唱个二人台《打伙计》哇。"小桃红先是推让一番，无奈戏瘾一上来，便由不得自己："一更子里，月儿明花台，郎君哥哥定计夜晚事。叫丫鬟打起四两酒，四个样样小菜一齐端上来……一碟子红其令，一碟子白其令，还有一碟羊肉炒细粉，再炒上一碟白芽菜……一等你不来，二等你不来……""你听那伙计咋唱？""叫门叫不应，站得两腿疼，叫丫鬟上前恳恳情，快快开门回家坐一阵，实在我等不行……"

好几次，半夜让派出所的给逮着了，几个灰头黑脸的被绑在大队部的房柱子上。"审问"小桃红时，小桃红嘻嘻嘻地只是笑，一句说不上来，所长转脸问别人，指指脑门儿："这儿有毛病？"众人只是笑，并不回答。事后才知道她早吓得尿了一裤管，可人家连一根毫毛也没动她，不光是她，一起被抓去的人都没受罪，只是罚款了事。回来人们问诀窍是什么，小桃红捂着嘴只是笑，不说。四旦一语道破天机："准是给韩所长唱了段秧歌！"小桃红这才"咯咯咯"地笑了。

韩所长没整住她，可生活整住了她。三十多年过去了，她拉了一屁股的债。每到年关，要债的就跟黄世仁似的跟她翻白眼……二儿子该娶媳妇了，三三病了，她自己又要做手术，小桃红这才"金盆洗手"

了……

小桃红组建了秧歌队,方圆几十里都是她的舞台,每到一村,人们都要听她唱:"小桃红,来一段《偷蒜》。"小桃红彩扇一展,绿绸子一系,亮开她好听的嗓子:"姐姐我名儿就叫白牡丹,小妹子我可是一点鲜,二老爹娘把亲戚串,姐妹们一心想把扁食来餐……""想吃扁食就差一圪嘟儿蒜……哎咳咳……"众人齐声和唱……

人们还是愿意到小桃红家,小桃红的"炸弹"还是震得通天响,小桃红笑得还是跟母鸡下蛋似的,小桃红走到哪里,就把热闹带到哪里,把欢乐带到哪里……

桃之夭夭,灼灼其华!

赏析

这是一篇读着令人心酸,又禁不住莞尔一笑的美文。作者以女性的视角、温情的笔触,把一位名叫"小桃红"的女子写得活灵活现。写出了她的率真与顽劣,写出了她的乐观与忧伤,写出了她的灵气与狡黠,写出了乡村给予小人物的庇护与尊严,也写出了乡村物质的贫困和精神的匮乏。正如我们不能选择自己的出身一样,对于养育自己的故土也同样不能做出选择。我们赞美它的美丽,也得面对它的丑陋。故乡的底色附着在我们身上,造就了我们的性格,也在一定程度上写就了我们的命运。

小桃红虽然小时候颠沛流离,但天性跳脱,在她身上看不到农人的木讷和羞涩,也没有安分守己的道德自觉,她从未主动把握或者说改变过自己的命运,一切听任自然,好像山地里的野草,多了些放任,少了些管束;多了些自由,少了些规矩。正因如此,她反而活出了自己的风采。生活的磨难没有让她收敛锋芒,生活的坎坷也不会让她失去快乐的天性。她不在乎乡亲们的非议，也不在乎苦难的教训。她多才多艺，一嗓子高亢的秧歌调，唱得人心窝窝痒。她心地纯良，豪放不羁只是表象，她始终记得是谁救了她的命，是谁给了她一个家。当生活需要她挑起家庭重任时，她当然不会退缩。她一边负重前行，一边放声歌唱，就像飘荡在故乡天空中的一朵云彩，有时候落雨，有时候遮阳，大多时候，她就在那里游走，自由自在，洒脱得叫人心疼。

每个人都有属于自己的乡村记忆，每个人的心里也都有一个生动鲜活的"小桃红"，她们占据着记忆的重要一角，每每想起，仿佛昨日重现，历历在目，永远滋养着我们。

时光不老，小桃红不老。

（闫庆梅）

收 秋

经了春的播、夏的孕，便是秋了。秋来得很慢，也很快。

瓜熟谷丰，美酒佳酿，穗实压枝，沉甸甸的秋将农人的脸鼓胀得通红、通红，兴奋和喜悦流溢在他们脸上，没等酒熟，他们的脸就红彤彤的了。

收秋，到收秋的季节了。足足让农人盼了一年的秋，不一定是金色的，但一定是丰硕的。因为丰硕是对他们唯一的认可和肯定。

母亲收秋的时候，我们都回去收秋。

当烦人的高跟鞋脱去时，一如脱去木枷，顿觉释然、轻松，白色平底鞋消除了高跟鞋造成的与土地的距离。贴近土地，一如贴近母亲温暖的胸膛，脚板是如此踏实。此时我才明白，自己从未离开过母亲，离开过土地。多少次请母亲离开村子，到城里住高楼，母亲总是摇摇头。母亲接纳不了城市，一如城市接纳不了母亲。在土地与儿女之间，母亲选择了前者。

每年秋收时母亲都要亲自参加，跟在我们身后一粒一粒地捡拾玉米，像捡寻一颗颗遗落的金子。如今她已过古稀，母亲只能坐在地头看一地的玉米堆风卷残云般上了车，看邻家小伙儿铁塔般的身影，将沉甸甸的麻袋当一团棉花扔上车，听我们呼儿嗨地和唱，这时母亲的脸上便绽开了醉人的墨菊，她一杯一杯地晾好水，等我们到地头来解渴。

当夕阳只剩余晖时，小院里已堆满了金灿灿的玉米。它们饱满发亮的籽实像一个个鲜活的婴儿，满足了母亲一秋的心事。她趔趄着爬上玉米堆，轻轻地坐上去，生怕压坏了它们；两手开始不停地左揣右摸，像揣摸失而复得的儿女。斜晖照在她散乱的白发上，她顾不得去理，忙不迭地左瞅右看，生怕它们飞走；她捧起一棒——哪怕是最小的或腐了的，仔细端详，为它们抠去腐头。那一粒粒密排着的籽实简直就是她生的。它们活生生的，有血有肉，熠熠闪着金光，像列队的金娃娃，它们叫她，吻她，伸出小手牵拽她的衣襟。她左顾右盼，应接不暇……"小豆、苗苗、秧秧、花花怎么早落地了，瞧，半个脸都发霉了！嗨，都怪我，没照料好你们……"此时的她，仿佛一只母鸡被叽叽喳喳的小鸡哄闹着，又似一位将军指挥着千军万马……她心里踏实极了，充实极了，脸上充溢着快乐和满足，天地间仿佛什么都没有了，包括我们这些疲累至极的儿女……

有一年春天，母亲随着我们进城住，把地租给了别人，半个月后她就一副失魂落魄的样子，好像丢了魂似的，老喊着要回家看看。当我们踏进院门时，连我也感觉院子里空落落的，毫无生气；母亲更是一副灰塌塌的样子，了无生趣，就像工人下了岗，干部下了台一样。邻家送来豆角、土豆时，她眼圈一红一红的，一副伤心的样子。第二年她不仅要回了地，种上玉米、豆角，而且在自家院里也见缝插针，西红柿、豆角、黄瓜、辣椒，甚至鸡冠花、萝卜花、海娜花……满园春色，满院生机，母亲这才绽开了笑容。母亲笑了，我们也就笑了。

慢慢地，我们每年也盼着秋收。

深秋，母亲总是在午后坐在院子里，边敲打老了的豆角，边看着她的收成。看到哪里散落了几颗，便不顾自己腿脚的麻痛，一定要艰难地站起来，弯下腰一颗一颗拣回。有时她敲打着葵花籽，像想起什么似的，会突然站起，把一个个挑拣出的玉米棒子编织成一挂，让我们一挂一挂地挂上枣树，或檐下，或墙壁，她也不管别人烦不烦，眯缝了眼,像欣赏一幅油画似的,指点我们:"左点,右点,偏了。"她用了自己0.1度的眼挑剔着,直到她满意为止。这时的小院就是别一番景致了,这份满足和希望一直可以持续到第二年春种之时。

母亲一生从不向人伸手,哪怕是自己的儿女。她想到的仍是给予,秋后临走时,我们的包总是塞得满满的,新剥的玉米、豆角、瓜子……她说,这是母亲唯一能给你们的。我们的孩子都上学,她总要千方百计把种地换来的那几个钱偷偷塞给孩子们,"知道你们不差钱,这是母亲的一点心意"。于是,我们家兴学助学之风薪火相传。母亲不是在种地,是在播种她的一生。土地是母亲的脚跟儿、家底儿,是她的命根儿!土地是母亲的家,母亲就是我们的家。母亲在播种爱,我们却在收获母爱;母亲从未离开过土地,我们的心也从未离开过这片土地。

赏 析

这是一篇对母亲与土地的致敬之作。

在中国文人的笔端始终有把土地比作母亲或者把母亲比作土地的书写传统,这不是牵强,而是由我们的国土性质决定的。土地是我们的根之所在,土地是我们的命之所依。在这个意义上,土地与母亲是一体的。

收秋的故事发生在土地上,收秋的主角是作者的母亲。收秋看起来是瓜果桃李的次第成熟,实际上是人生四季的有序轮回。人生一世,草木一秋,人在草木间,遵循天道自然,要懂得耕耘,懂得感恩,懂得回报,懂得敬畏。

无论发生什么,只要脚踏实地,心里便是稳当的;无论遭遇什么,母亲在的地方,便是我们可以哭泣流泪的地方。大地无言万物生,大地无言独自厚。儿女对母亲的理解、尊重，都是向土地学来的。所以，母亲只要有一点点劳作的能力，只要能为自己的生活做主，是绝对不会离开土地的。母亲的幸福、母亲的尊严，必须依附于土地才能体现。母亲深深地爱着她的土地，和爱着自己的儿女一样。无论儿女在城市里为母亲准备了多么舒适的生活环境，母亲的心也始终牵挂着她的土地。

总有一天，在城里生活累了的儿女会回到故乡，回到散发着泥土清香的家。无论在外面有多少难以释怀的事，只要回到故乡的土炕上，便会烟消云散；无论在外面有多少委屈，只要挨着母亲拉拉话儿，也会消解融化。从母亲身上，作者明白了人生最大的幸福不是得到而是付出，只问耕耘，不问收获，不求回报。

站在故乡的大地上，迎着柔暖的风，她找到了自己的人生坐标，也找到了不竭的精神源泉。至此，她终于读懂了母亲，读懂了土地。

（闫庆梅）

走不出的村庄

　　这是一个多情的春天，雪一次次将心泥泞，太阳又一次次将心晾晒，载着这湿了酸，酸了涩，涩了冷，冷了又暖的心飞驰在广袤的原野上，把干硬的车辙远远甩在身后，太阳暖暖的，照得人舒坦而平和。

　　车在飞驰，我却感觉很慢，就像原地没动似的。我感觉我的脚实实在在地踩在地里，身子却轻飘飘的，好像在飞。就像那些悠闲的牛或撒欢的小驴儿，一身的轻松。我荷起了农人的锄，把地梳理得舒舒服服，连一根杂草或玉米茬儿都没有，我不允许它们刺着嫩苗儿。尔后我握着农人的锹撒粪，我使出浑身的力气扬手而起，粪在空中画了一个优美的弧线，然后洋洋洒洒地落下，滋养土地。犹如人的一生，到了一定高度最终会落下的，概不例外，只是有的抛得高些，有的低些，有的死了还活着，还要滋润着土地；有的被供起或被诛伐，升了天堂或入了地狱。

　　已近午饭时分，我揩干脸上的汗坐在地埂上，就像父亲那样吸一锅子烟进去，浑身舒坦，积攒了一冬的劲儿终于能释放出来，爽极了，凉风从肋下钻进，吹干了身上的汗水……等空中飘散了最后一缕香烟，我才托地而起，拍了身上的黄土，扛了锹往回走。经冬的衰草黄绒绒的，从我的脚下忽高忽低地一直铺到村口，并见缝插针地长满房基和墙根，我的圆口黑面布鞋深一脚浅一脚地踩在上面，松软得很，这是省城高档酒家高级地毯无法媲美的，城里人只能在指定的时间到指定的地点去踩地毯，而我则随时随地都可以。

我曾对住在北京十五层楼上的外甥们说，假若我要失业了，就回到村里种地，他们不信。可这是真的。你看我已经到了我新盖的房院，门前的石狮子撒着欢儿挠我的腿，我从褂兜里掏出铜质的长钥匙开了铜质的长锁，跨进我崭新的四合院，秦砖墁院，汉瓦覆顶，连门墙门楣门环都古色古香，这令我舒坦。我从屋里取出笤帚，轻轻摘下头巾，掸掉上面的黄土。我一笤帚一笤帚地扫着，地上落下一层细软的黄土，就像细箩筛过的一样。等到站离了这个位置，便留下我两个清晰的脚印，我欣赏着这两个脚印，就像欣赏木雕的窗棂，石雕的石鼓和砖雕的照壁，这是我劳动的见证、我的价值所在……

我正兀自陶醉之时，脸却不由得发起烧来，有个声音远远地飘来：土地是最神圣最高贵的，犯不着为什么人作秀捧场，你的劳动未必就比农人高贵多少。是啊，农人日出而作，日落而息，他们累死也没怨过，打下多少粮食也没骄傲过，活多大岁数也没想过，活着便劳作，死了便挖个洞穴入土，活在另一个世界里接着下地种田，或化成粪土滋养后代。他们永远那么卑微，从不想着自己要升天或羽化。他们常说，来世做牛做马报答你。这辈子他们没做过官，没发过大财，也不指望子孙给自己墓碑上雕龙画凤，更不企望成仙成佛，所以还是企望来世做牛做马或做驴做骡子都行，只要有一块地就好了，死后有块地头就行了，埋在自家地里，就像坐在自家炕头，春播秋收之时还能帮儿孙一把——他们撂不下这块地，生怕儿孙漏种了或少收了，在后面吆喝着种直了或是种斜了。生与死在他们眼里都是很自然的事，没有太大的恐惧感，所以死时和生时一样的木讷，不会留太多的要求或教诲，唯一的要求就是：把爹妈埋在咱家地头。

入土为安，这就是他们唯一的奢望。

我飞驰在广袤的原野上，却怎么也走不出土地，走不出村庄……

赏 析

读了这篇散文,脑海里突然回响起很久以前流行过的一首歌《小芳》:村里有个姑娘叫小芳……好多人唱着这首歌走出了村庄,来到了城市摸爬滚打、成家立业,他们的孩子出生在城市、成长在城市,有的已经工作在城市。农村离他们渐行渐远,甚至连影子也模糊起来。这些被城市土著称作"凤凰男""凤凰女"的,有的始终与城市龃龉着,有的已完全城市化了,但有一天突然发现,自己的心还在农村,一颗心还是土地的颜色。这就是《走不出的村庄》命意所在。

这篇文章叙事线条隐约,一任思绪飞扬,像极了意识流小说,思绪围绕土地向四处散发,写人生的体悟、处世的淡然、名利的超脱,当然,更多的还是以土地为媒介,写自己始终眷恋着的故乡,蕴含着一种崇高的孤独感和对生命与心灵归宿的思考。

(石东升)

> 石东升,忻州师范学院中文系古典文学教师。

出人头地

村后有条河,叫阳武河。因了它的存在,我们这一带自古就有"阳武流金"之说,是说原平有十八村的地是受它恩泽的,十八村水地物产丰美,五谷丰登,三吉就是其中之一。

村里的集体陵园枕流而卧,村里人活着时靠河养命,死后与它朝夕相伴。这是20世纪60年代以来形成的陵园,有二十多亩大,整齐地排着两百多个墓,幼华就在其中。

幼华是我的奶哥,来这里那年,才三十九岁。他是做梦也没想到自己早早就会来这里报到的。他原是本乡邻村的一位小学校长,这个职位使他达到了人生的辉煌点,使他陶醉不已,却又使他从人生的顶点摔到了万丈深渊。奶嫂说,成也校长,败也校长。

幼华打小聪颖灵秀,一双清澈的眼睛透着睿智,天生的好脑瓜儿,后来成为全乡一流的数学教师。他虽然险些列入被耽误了的一代,可恰逢改革开放的好年代,给了他极好的转机,使他成为全县第一批民办转公办的教师。虽说一月只拿三十多元,只够塞牙缝的,可毕竟吃上了公家饭,奶叔和奶婶高兴得什么似的,村里人一见就夸,奶叔便嘿嘿一笑:"苦一把汗一把的……嘿嘿……苦一把汗一把的……嘿嘿……"邻里谁家孩子捣蛋不好好学习了,大人便教导:"看人家幼华哥,仁恭礼法的,你也不会给父母的脸……光铮光铮?……"记得小时,几家人在一块吃饭,奶哥的碗底总是干干净净的,完了,还要检点我们几个小妹,看吃干净了没有,谁被逮着了,就罚她帮大人洗碗。

我从小很敬重奶哥的，贫寒的家境造就了他谦逊好学、勤奋俭朴、与人为善的性格和品德，深受师生爱戴。在邻村教书时，一位聪明伶俐的姑娘爱上他，从村里一直追他到大渠上，这就是奶嫂。

奶哥奶嫂结婚后，恩爱有加，甜甜蜜蜜，惹得村里人直艳羡。那时，我还在大学读书，他们结婚前去太原买结婚用品，由我陪着逛街。我们三个一路挤电车，每上车时，奶哥就从人群中一把将奶嫂举上去，生怕别人挤坏了；到商店买东西，奶哥总是拣最好的，他慷慨大方，在奶嫂面前挺男人的，我很羡慕他们。

一转眼十几年，他们有了两个儿子，奶哥也升了本乡南阳店村小学校长，小日子过得舒坦了，全家人都为他们高兴。不想，八月十五刚过，却传来一声惊空霹雳，幼华哥出事了。

八月十五前，奶叔和奶婶望穿秋水似的盼儿子和儿媳回家收割。奶婶是个要强的人，这几天就唠叨个不停："别人家的都收了，就剩了咱的，直晃晃地站在地里，叫人笑话！"可等到十五那天，月儿都圆了，也不见人影。奶叔和奶婶耐不住了，第二天一大早，两人带了镰刀、麻袋、绳子上了地。

奶哥奶嫂呢，本来已经放假了，原打算十五前就回家的，可乡里干部忙，十五前一直没见着，学校有事还急着要办呢。十六那天，奶哥早早骑了摩托车，直奔乡政府。

他口袋里揣了千把块钱，问奶嫂要时，奶嫂一百个不愿意。一路上，他心里肯定挺愧的，这钱是他攒了半年才攒下，准备给父母的。自从结了婚，就没怎么给过他们钱，反倒是将近七十岁的父母替自己种地，秋后再把卖了粮的钱如数给儿子儿媳。这几年工资涨了，有了点积蓄，也该让苦了一辈子的父母享享清福了，可身为一校之长，上头的关系也不得不注意呀！想到这儿，他也顾不得许多了，猛一蹬车，飞也似的去了乡政府。

他见到了一个副书记和副乡长……两个小时后，已是午饭时分，奶哥"输"得也差不多了，他们进了村里唯一的"好运来饭店"……

他是在喝了一斤白酒后，在摩托车都不能骑的情况下，被人驮到本县的大营温泉的。一进"华清池"，趁着酒劲，他便一头扎入两米多深的泳池中。一个小时后，同伙人要离去了，怎么都找不见他，最后是巡游员从深水池中把他打捞上来……那会儿，他已面色苍白，毫无人色，他的肺炸了。

奶嫂瘦弱的身子在他身上伏了好久，她不停地摇着他，叫他："幼华，你醒醒，醒醒，你咋睡得这么死啊！……"她不相信这是真的。

第二天黄昏，人们把奶婶和奶叔哄到邻家。奶婶那么精明的一个人，此时却懵懂得很：你们咋都不高兴，你们是东拉西扯说甚哩？

掌灯时分，一切就绪了，奶叔和奶婶才被"请"回家中。只见院子里人来人往，转灯儿般忙碌，奶婶有些怀疑了，她似乎感觉到了什么，跌跌撞撞地跑到东房，扶住门框，紧盯着昏惨的灯后白生生的棺材，着急地大声问："谁？谁？这是谁？"全院的男人眼里噙了泪，背了脸，沉默不言……女人们则失声痛哭……奶婶跪着爬到供桌旁，她还识得几个字，儿子的名字是她起的。她刚看清"幼华"两个字，便"噗"的一声昏厥过去了。

众人一阵手忙脚乱，门外的奶叔连抬腿的气力都没有了，他几乎是一摊烂泥，被人架入北房。他问奶嫂，奶嫂垂泪无语。慢慢地，他才知道了真相。

此时的奶叔像一头暴怒的狮子，在院子里跳着脚，指着棺材骂："狗日的，你个不肖子孙！早知道这样，就不该让他进门，抬出去，把他抬出去！"

好在众人一番劝慰，奶叔渐渐平息了。他欲哭无泪，呆滞地瞪着双眼，一片茫然。

好不容易打发了奶哥，奶叔从此陷入一种游迷状态，整日走出来走进去，自己也不知自己究竟想干什么。他不时地喃喃有词："三十块钱游一回泳，你老子一年累死累活的，舍得？"他指着院里的锹："啊，你舍得？你爹你娘从牙缝里抠出的钱，叫你挥霍啊？你还和乡里的干部要钱，一输就上千,啊？你个败家子！"他狠狠地用锹戳着地，差点没把脚趾头铲下来。

过了不久，奶叔得了脑血栓，偏瘫了，不能骂了；又过了半年，奶叔一头栽下地，找他的冤家儿子去了。

奶嫂为供两个儿子上学，四处打工去了。偌大的院子，只剩了奶婶孤零零的一个。秋风扫落叶之际，院里白惨惨的，很是怵人。

每年七月十五，给父亲上坟时，我都要去奶叔和奶哥那儿看看。供品是一应俱全的，只是不带酒。

在坟前，我常百思不得其解，一向勤俭的奶哥怎么会变了呢？

返家时，路过奶婶家，我总要去看看她。相框里的奶哥，那双眼睛仍那么清澈。他热切地看着我，看着这个世界，似有许多的事儿要跟你说，似有很多事儿急着要办……此时我才明白了奶哥——对于我们这样的家庭来说，是很需要一个出人头地的人物的，奶哥真的是很想有一番作为，有一番抱负，成一番事业才这样做的。奶叔还是不了解奶哥的心思，你还忍心再骂他吗？！

偌大的院子只奶婶一人，虽仍精明强干，但头发已经全白，已是风烛残年的老人了……

赏 析

在人类所有的情感中，悲情总是最能打动人心的一种。《出人头地》就是一篇悲情四溢的散文。

文中叙述的奶哥，是作者幼时的偶像和榜样，是全家人眼中最有出息的人。然而，这样优秀的人物，却在某种社会的潜规则的影响下，不幸英年早逝，令人扼腕长叹。

文章篇幅并不很长，叙述语言也十分朴素，但是就在这样平淡的讲述中，奶哥奋争励志的形象却跃然纸上，给人留下十分深刻的印象。尤其是对他死因的叙述，几处简单的笔墨、第三人称的客观描写，把一切致命的原因都展示在了读者的眼前。

更为难能可贵的是，作者在文中并没有直接用大量的语言表达内心的悲伤，但给人留下的印象却是悲从中来，悲不能抑，进而从内心深处反思人物的悲剧根源，反思社会某些潜规则的不良后果。在行文中，我们看到的是，节前家中要收秋，奶叔奶婶始终见不到儿子回来帮工；节后庭院里慌乱的人群，掩饰不住的撕心裂肺；奶叔的气极游迷、偏瘫谢世，奶婶的满头白发、风烛残年……客观的叙述中有含忍，平静的描写中有大恸，这就是本文的成功之处。

文章的标题是"出人头地"，是奋争在底层的人的至高境界，而行文的结尾却是人物的悲剧，是意想不到的人生大悲。巨大的反差带给人悲哀交加的感受、人生无常的喟叹。

（徐建宏）

徐建宏，山西省作家协会全委会委员，山西文学院第三批签约作家。著有诗集、散文集若干，文言人物传记《文朋列传》及文言辞赋作品《地质赋》《文博赋》《太山赋》《亲贤赋》等。

一川风情一川秋

走进这条沟,便走进了金秋;踏入这条河,人便由不得自己了。

层绿浓黄染醉你,激情瀑布冲刷你,颤悠悠的索桥荡弋你,熟暖的风儿醺拂你,还有头顶不时落下熟透的柿子黄你一身,你还能静下来吗?秋是缤纷的,灿烂的阳光将美折射得淋漓尽致;秋是丰富的,大地层林尽染,人间风情万种;秋是纯净的,天空清澈明净,潭水碧绿如钻;秋是快活的,草肥羊欢,生命活力四射!

于是跨过了晃悠悠的吊桥,吮吸了软香甘饴的柿汁,在沐浴了甘冽清纯的瀑布之后,脱去烦人的高跟鞋,甚至把袜子都脱了,把随身的物品都扔了,于河心寻一块足以当床的石头,躺在上面,像身下的鱼儿一样一动不动,自由遐想。

仰望处,秋是过滤过的!

蓝天一碧如洗,你的心亦这般明净。这些年,虽有太多的像高跟鞋、袜子般的烦恼,但你仍这般蓝;手垂怡于水中,任河水摩挲指尖,心便像丝绸样柔滑。感觉到了石床的体温,像一位历史老人沧桑而温暖的身躯;似一位仙风道骨的长者,与那些赭红色的木化石共处山水间。我蓦地坐起,感觉有些亵渎了。试想,它傲立天地几千年,任洪水冲刷,天撼地动,兀自岿然不动,自成风景。而沉在河底的棱石,则完全受河水的主宰,河清则清晰可见,河浊则杳然无形,就像岸畔那些山民,这辈子就走不出这条沟。唯那些供人玩赏溜圆貌美的河卵石,或被河水带出山外,或被人捡拾,金屋藏娇,每每夸耀于人前而不可一世。河水碧波粼粼，淌柔流绿，而把泥沙深深地沉在心底。到底为了什么？河水无言……我想它是在期待一川的秋吧！

同伴找来柴火，准备熏鱼，火苗雀跃而起，火焰腾地升起，生活亦大抵如此，只有积蓄了足够的干柴，一点才会着的；若是换了一捆湿柴，无论如何是只会冒烟的；或是备了十捆干柴，而找不着火，也无济于事。

这个季节无论是男人或女人，都是干柴了。经历了春的激情夏的酷热，生活早把他们烤干了。他们积蓄了足够的热量，但他们轻易不会去点火，因为这是他们半生的积蓄呀！他们输不起，人有几个半生呢？一个日本作家说过，当激情燃烧的时候，你不要在激情上动笔。这句话用在生活中同样适用。他们就这么蓄着，等到需要点着的时候，火焰便分外炽亮，像在烧一炉的焦炭，红火褪尽，只剩了灼人的蓝焰；或是品一坛十年陈酿，细细品咂醇厚的况味，而舍不得一口喝掉。这时他们眼泪少了，怨气少了，愁眉不展时也少了，面对突如其来的不幸或不适，他们会展露出刚毅从容的面庞，给孩子、老人或是关切问询的朋友一个宽慰；若是渡过难关了，他们会请朋友撮一顿，倾诉自己的酸甜苦辣；若一时度不过呢，自己一人品咂，或干脆扔脑后，正事儿还多着呢！他们心里有时沉甸甸的，却又没时间去悲沉。

这个季节的熏鱼别有一番风味。但我们却忘了带筷子，有的人绾袖抹拳，干脆下手去抓。火焰灼人，不仅烫了手，而且一无所获；有人却捡了树枝去夹，结果如愿以偿。这个世界有一些人很有智慧，他们最善于顺势而为，乘势而上，所以取得了成功；而有的人错失良机，所以总有一种挫败感。这大概是人与人最根本的差别所在。

这时出游的男女，有点阳光便会灿烂的。他们放纵了自己说笑，有时会在晨光熹微的路上，几个女人和几个傻小子等待东边旭日初升时的壮观，那七彩鲸鱼在天边畅游，鱼翅的薄翼清晰透明，彩翼翕动，鳞光闪闪，简直把那几个粗犷的男人惊呆了，他们张着嘴，傻小子般地呵叫，脸上竟是孩童般痴迷和幸福的光芒。有时远远瞭见一抹古长城，他们赶紧拉了你："登长城去！"激情依然。

这个季节的女人仍那么浪漫，对于情感这程山水，她们似乎是过来人，但仍在蹦蹦跳跳地捡拾生活的鹅卵石，捡寻别一样的情趣、别一样的幸福。她们走过了"曾经沧海难为水"的青春时代，会在这时抖落时代的灰尘，揉揉酸麻了的腿脚，寻回自己的青草地，开始自由生长。在城市的大街上，甚至敢挽着恋人的臂膀，旁若无人地漫步。在月色下，他们热吻热恋，渲染着这个季节应有的浪漫。他们比自己的长兄长姐要大胆得多，他们结婚了，有的是自己的恋人，有的却不是，他们情愫缠绻，矛盾重重，可最终还是丈夫点点滴滴的关爱占据了全身心，他们共同走过十几年，终于走到这个柿子般成熟的季节。在夜间，她们常常在欢畅的呻吟之后，得以释放，在丈夫温馨的臂弯里甜美地睡去……生活需要激情，一如山川需要瀑布冲刷一般。少了它，人生便一贫如洗。

而这个季节的男人们往往是来钓鱼的，就像不远处河边那些男人。一向性急的他们，不厌其烦地备好一切杂什，然后把渔竿抛得远远的，把希望拉得长长的。他们的目的很明确，他们已经等了一春一夏，该收获了。那么专注，那么执着，他们更多的是理性与实际。对于他们来说，事业与爱情相伴相生，在收获事业的同时也收获了爱情。

这个世界期望女人的更多的是情感：播种爱情，收获爱情，能尝到事业成功乐趣的女人仍然是少数。

然而这已经很不错了，一川风景，一川风情，这已经很不错了。拾一片红叶归来，夹进书页，珍惜生活的赐予吧。

秋不再单纯，秋是一个过来人，秋是成熟的，秋是最美的季节。

赏 析

把秋天的风景通过景物的描写、身心的感触、深入的体味进行各个角度的铺陈之后,作者突然抛出了一句话:这个季节无论是男人或女人,都是干柴了。

什么是干柴?经历了春的激情夏的酷热,生活早把他们烤干了,他们积蓄了足够的热量,但他们轻易不会去点火——这就是干柴。

季节到了秋天,人生到了中年。古今文章,如椽巨笔,经典诗词,煌煌大剧,已把这样的主题描摹得淋漓尽致。而本文的独到之处在于,它让看起来浑然天成的秋景,融入了作者自己对人生的解读之中。

你看,那不动的色彩、流动的河水、静如处子的鱼儿、飞流直下的瀑布、烧烤的火苗、腾飞的青烟、男人们的专注、女人们的纵情,随时随地都在青春和中年的镜头切换中叠现在游川人的眼中和心里。

在这样一篇短文中,能够打动人心的描写比比皆是:一个日本作家说过,当激情燃烧的时候,你不要在激情上动笔;他们心里有时沉甸甸的,却又没时间去悲沉;这时出游的男女,有点阳光便会灿烂的;生活需要激情,一如山川需要瀑布冲刷一般,少了它,人生便一贫如洗;拾一片红叶归来,夹进书页,珍惜生活的赐予吧……

这篇小文给我们的启发是:打动人心的不一定是语不惊人死不休的苦吟或锤炼,平平淡淡随心写来就好,把你内心最真实的感受如实地记录下来就好,所谓万法归宗,绚烂必然要归于平淡,就是这个道理。

(徐建宏)

从深处飘来的牧歌

不知从何时起,就有一种古风,哦,或是牧歌飘荡于故乡的田野,它来自故乡田间里巷、生活习俗和日常生活中,亲切生动,诙谐幽默,与异族宗教崇拜和宗法崇拜不同的是,它起源于农耕,来自民间,所谓男女相当咏歌,各言其情者也。情动于心,则形于舞。

去年风调雨顺,五谷丰登,村人便有些按捺不住。母亲电话里说,要大红火了。今年咱不请戏班子,咱村人自己唱,唱咱村的秧歌——扑地灰!

咋就取了这名儿?怪逗人的。

十几村的秧歌都来了,人挤得东风起潮,西风叠浪。大人丢了娃娃,娃娃丢了红鞋。

外村秧歌多是古装加现代舞,旧瓶装新酒,没多少味道。

终于开演了!我站在里三圈外三圈围得密不透风的人圈外,任凭怎样踮脚也看不着,只好搬把椅子坐着听了。不知怎的,仿佛从遥远的深处传来高亢激越的鼓点,像是天边滚雷,又似一队铁马由远渐近,激昂亢奋,村里人的红脸膛激动得放出了光,夹着"名烟"的手也格外地矜持起来……

踩了激越的鼓点,平日羞答答的邻里小妹、徐娘半老的婶嫂、不修边幅的叔侄,腰里系了绿绸,手里握了彩扇,竟当着四南五北来的一双双热切的眼睛,扭进了场。我兀自呆了,脸忽然有些烫,心想,村里人竟这么有天分,平日的羞怯无影无踪了。他们踩着"长流水"

鼓点扭进了场，你看，邻里小妹娇羞婀娜，纯真烂漫，似蝶翩翩而飞，似云流光溢彩，激起一片"好"声。只是这只蝴蝶太惹人爱了，场中间的相公急欲扑蝶，飞扑而来，只见他斗篷一甩，双臂回扣，猛然一扑，那蝶却灵巧异常，翩然而飞。惹得相公只扑了一地的灰，赔了斗篷又折翅，自讨没趣。接着是羞答答的小媳妇，低首含胸，百态生媚，只见她精明过人，岂留半点缝隙，直令自作多情的相公望美兴叹，兀自伤悲；而对于刚烈奔放、如醉如狂的文武小生，相公则毫无招架之功。他们如龙腾挪跳跃，如猴机敏灵聪，令相公应接不暇，相公只有扑一地灰的份儿；还有头戴毡帽、唇粘胡须、颤巍巍登场的老生，滑稽夸张的造型、浓郁的乡言俚语、诙谐幽默的生活口语，逗乐了一村人。笑声中，我感觉他们心底的什么东西复活了。

这就是故乡，这就是故乡人。

以这种方式，鼓舞劳动，调节生活，张扬人性之美。协调人与自然、人与社会的关系。

以这种方式，展现黄土地故乡人的风采、品貌和心灵，以至他们的价值观念和价值尺度。

我看见，一千年前的一位牧童，头裹了白羊肚手巾，手握了牛鞭，一个猿步，一段碎点，掀起一村的欢叫，全然不像七十三岁的老人。

我知道，有个叫梅英的姑娘，跟着戏班子转了十二个村，就为给他一双绣花的红鞋衬。

我听说，当年的他和另一个艺人把杜牧的那首诗演绎得美轮美奂、经久不衰。

我理解，他们为何于赶集之时，插秧之际，撷了幽默的口语，渲染生活的乐趣……

生活常常是悲剧，他们展示给观众的却是喜剧。所谓笑中有泪，乐中有哀。

笑声中肯定或否定。

笑声中褒扬或批判。

笑声中倾诉或抒情。

所谓"情动于衷而形于言,言之不足故嗟叹之,嗟叹之不足故咏歌之,咏歌之不足故手之舞之,足之蹈之"。

他们不叫扭秧歌,而叫"唱秧歌"。亦歌亦舞,舞罢则歌。

想象不出,春风三月的故乡,桃花怎样开,杏花怎样白,石榴花儿咋样红,水仙花儿咋样嫩,芍药牡丹花怎样的娇妍动人;

想象不出,故乡哪一面青草坡,哪一湾浅水滩,头戴草帽,身穿草衣,手提竹笛,倒骑牛背,吹着莲花落的少年的悠然自得。

更难想象,藕谷的村人怎样以鼓却乏,以舞自陶,以歌乐生……

只听得一声甜脆的嗓音:牧童哥,我要吃好酒上哪里买?

"你要吃好酒上杏花村里买……"

这声音缥缈得若有若无,或近或远,像仙乐,从遥远的深处飘来。

这声音实在是久违了……

于悲苦的现实中撷取原始幻想、想象和浪漫的特质,于浓厚的民俗中提炼轻松、自然、天成的特性,于悠久的农耕文明中积淀宁静、安适、飘逸的田园风韵……

没能经历"前呼邪许,后亦应之"的创造,吭唷,吭唷……

没有参与口传心授、反复锤炼的传承,哎咳,哎咳……但我分明感受到,他们生活的情流、希望的欢歌……

那些鲜活的面容永远不会消失,白牡丹、一点鲜、小牧童、村姑……还有演绎他们的赵政海、聂文眼、王万民、王恒、陈登保、陈德保……及至今健在的张崇科……

那些经典剧目永远不会佚失,《小牧牛》《藕谷》《王香赶集》《偷蒜》《偷黄瓜》……于繁重的劳动和烦琐的礼教中解脱出来,偷着乐,那是他们心底的牧歌……

那块碑文永远不会湮没：早年本村阎家街有一庙，庙内有楼三级。每晚点灯其上，远视一片灿然。陕西一巡抚夜经此地，见之呼曰：此乃三级村也。遂得名三吉。村民喜唱秧歌。

那位巡抚可曾目睹过故乡秧歌的盛况？

故乡的田野，性灵激荡，激情飞扬……

 赏　析

什么是牧歌？在我们的日常生活中，好像是单指放牧的人唱的歌；查阅百度，才知道，牧歌还有另外一层意思，即以农村生活情趣为题材的诗歌和乐曲。

于是我们看到，在作者的笔下，一次偶然的返乡之旅，一次上演于乡村的盛大的秧歌表演，刷新了惯常的认知，带给心灵极度的震撼。

我们的文明起源于何处？我们的文化根植在哪里？看了这篇文章，相信答案就会出现在每个人的心中：原来我们习见习闻的村庄，古朴淳厚的乡野，就是它最初的源头和最深的土壤。

在晋北的农村，秧歌是普遍流行的民间歌舞，它与《诗经》中的风雅颂是同一个源头，与我们眼下能够欣赏到的阳春白雪是同一品种的不同版本。而在三吉村，这种原汁原味的民间史诗，却是以农民喜闻乐见的形式，朴素而热烈地展示在了我们眼前。

扑地灰，一个形象而引人遐想的秧歌名儿，满含着智慧与幽默；"长流水"的鼓点，相公扑蝶武生腾挪的夸张表演，让人的思绪穿越千年，从现代向古典漫溯，由表象向心灵漫洇……桃花怎样开，杏花怎样白，石榴花儿咋样红，水仙花儿咋样嫩，芍药牡丹花怎样的娇妍动人——一切答案都在这盛大的表演中次第揭晓。

我们常常叩问初心，也常常在向外奔突的旅程中迷失自我。当你遭遇迷茫而无法释怀时，不妨随着乡村的鼓点，返回曾经的土地，在那样浓烈而原始的氛围中，你一定可以找到答案。

　　曾经盛行而今只是或隐或现的民间牧歌，就是最初的天籁。

（徐建宏）

守望乡野

这依然是在冬季,早晨,刚拉开窗户的一条缝儿,就有一丝凉凉的、甜甜的风透进来,感觉有点异样。推开窗户一看,晨曦中的白团儿正洋洋洒洒地落着,地上早有半尺厚了,银缎子般富有弹性,就想起一句"忽如一夜春风来,千树万树梨花开"的诗句,然而昨夜无风,这雪白的精灵竟悄没声儿地把萧瑟的冬抒写得如此灿烂。

孩子们雀跃起来,朋友传来喜悦:踏雪去!我的思绪却飞到了梨绽银蕊、果含粉苞的阳春三月,雪与花总是难分难舍的:"遥知不是雪,为有暗香来",十分感谢诗人们把久远了的春拉得如此之近。

那是在仲春,我是随了山西省电视台《黄土地》栏目组闻"风"而动进入同川的。"十里香风吹不断,万株晴雪绽梨花",一路上,未及见得梨花,已闻梨香阵阵,一辆辆一闪而过满载黄澄澄金瓜的卡车早把香风拂遍沟沟岔岔。这个季节,是酥梨的黄金价,经过了一冬窖存的梨分外值钱。

汽车经过奎光岭的时候,我们被壁立的两山夹在中间,司机小心翼翼不敢有半点疏忽。可一过奎光岭,竟是另一个世界了,那一簇簇、一蓬蓬、一坡坡、一面面被挺举着的雪浪随风而起,卷起千堆雪!这晶莹洁白的世界纯净得教人心疼,世间的污垢荡然无存,人间竟有这般雪国净土!简直能把人化了……嘭……汽车猛然颠簸一下,撞得人头晕眼花,未等醒过神来,它已趔趔趄趄醉汉般直冲路边梨园,差点撞入万花丛中,亏得司机一个急刹车,才免遭横祸。这般平坦的路面,对面又无车辆，天知道他是睡意蒙眬呢，还是在醉眼看花？闻讯赶来的梨家小伙赶紧来帮忙，并邀我们去他家喝茶。这农家小院早在春节就把梨讯贴在春联上，雕在门楣上，把梨香晾在屋顶上，储存在梨窖里。

小院屋后便是梨园。梨田一片片都精耕细作过了，像蓖梳梳过一般，一星半点杂草都没有，边角末尾舒舒服服的，就像新熨过的衣服，平展展的。我挺好奇，巴掌大点地也值得这么精心，能打出几个金颗颗玉豆豆来？田埂上的梨树显然有一二十年的树龄了，一排排黄褐色的树杆托举着蓬勃的树冠，赤条条精瘦，却十分的倔强，这正像同川人，认准一个理儿，不枝不蔓，一个劲地向上长，绝不三心二意。更远处那一棵够四人合抱的大树该是唐梨吧？新枝旧干紧紧捆在一起，抗拒了几百年的风霜雨雪，依然枝繁叶茂。有的枯了，又抽出新枝，像一位久经风霜的历史老人，诉说着同川的历史。

树下皮肤黝黑的老农用耙子般粗糙的手抚着梨身说，这是我们的命根子。

俗语说，糠同川，菜代州。同川四面围山，沟壑纵横，坡梁起伏，同川人靠几亩薄田实难糊口，于是祖先们看准这块背风向阳的风水宝地，从汉代开始植梨。我不知道两千多年前的梨农是怎样以一筐筐皮薄水大、汁甜味美的小黄梨换得一锱半铢、斗粮升米来繁衍生息的，只记得在70年代，那些精壮的同川汉子，上坡下梁浑身是汗把梨从地里摘回来，用驴或自行车走上几十里驮出川去，在原平城大街的冷僻处摆几个小摊，或走村串巷换得半斗高粱、一升白面；又舍不得住店，怀里揣了刚刚挣来的几毛钱，摸黑沿着崎岖不平的山路往家赶。一路上，藏在衣角的钱要捏上好几次的，生怕一闪失给丢了。那时候，正是快要熄灯的时候，孩子们甜甜地睡着，女人盘腿在炕上，就着摇曳的油灯纳着鞋垫，心里七上八下地惦着汉子，盘算他的路程……一听得细深巷口的狗吠，便立即扔了手里的活儿，抿抿鬓发，披衣趿鞋，忙忙地赶到院门口,隔着门缝屏了气听,一听门外的喘气声便知是自家"掌柜的"回来了,于是一边拉着门栓一边嗔怪着把汉子迎进院子,借着月光偷眼瞧汉子脸色的阴晴,是喜是忧,一看就知道了。若是"阴"天呢,她会边把炉膛烧得旺旺的,端了热腾腾的稀饭让汉子暖身子,边细声慢语地给闷声不吭的他解心宽;若是"晴天"呢?这是两口子最幸福的时刻了,锅上热腾腾的气还冒着,汉子边狼吞虎咽般吃着,边把一筐筐的喜悦倒出来,女人则看着丈夫的吃相,脸像盛开的梨花似的……

就这样,同川人把从牙缝里省下来的粮食一颗颗积攒起来,把皱巴巴的毛票一张张压在柜底,娶媳盖房,生儿育女,代代繁衍……

20 世纪 80 年代以后,县里实行"开笼放鸟,开笼撵鸟"的办法,那些习惯了上坡下梁,习惯了"三十亩地一头牛,老婆娃娃热炕头"的同川人一时还是转不过弯来,他们以为"好出门不如歹在家""省下的就是挣下的",他们一旦踏上川外的柏油路便不知所措,正像习惯了脚板走路,一上汽车就会"晕车"一样,外面的世界好大啊,朝哪儿走呢?该上哪辆车呢?好长一段时间,他们茫然四顾……

但很快地,他们以同川人的精明开始占地摊了。一开始,三筐两筐,再往后是三车两车,再以后呢,同川的梨不够卖了,就三车皮两车皮地运、三船两船地倒,由做梨的生意发展为做水果生意;由本地到省城、到北京,甚至到菲律宾,漂洋过海,做起了跨国生意。成片成片的梨林织就了一个金色的同川,同川人亦摆脱了"巷深、墙高、烟硬、性倔"的窠臼,搞起股份制、集团化,大把大把的票子像同河般汩汩汇聚,同川梨树真成了摇钱树。

……

深秋时节,我再次入川,层林尽染。黛色的坡梁让经霜的梨叶点缀得分外硕美,深红的树冠火炬般将寥廓的苍穹点燃,那一株株蓬冠劲枝昭示着丰收与骄傲。它们站成一种守望的姿影,扎根于千沟万壑。奎光岭遮不住它们的视线,曲折的山路挡不住它们的丰收,它们活得非常充实,那一排排沉实的梨窖就是它们的骄傲,它们把根深深扎在泥土里,守望乡野,不急不躁,看尽岁月风霜,阅尽人间沧桑,它们在守望富裕,守望未来!

秋实而春华!

 赏 析

乡野是什么?是故土。为什么要守望?因为热爱。

这是一篇漫漫溉溉用文字的梨花珠串起来的散文。先是写雪花,由雪花而联想到梨花,由梨花又延伸到同川梨,由梨而又回顾起这片土地上梨农们的奋斗历史,从他们走出土地抗争命运终于变得目光远大、生意兴隆的系列变迁中,隐隐约约牵牵念念地表达了作者对故土的热爱和寄寓。

同川即同河流域,又名铜川,隋开皇年间,置铜川县;又曾名桐川,取檬桐繁茂之意。由此可见,从古到今,这是一片林木茂盛之地,所以才有了文中描述的梨果飘香。这片土地历史上多出硕儒节士、名贤大德,又可印证它的风水文脉。而可贵的是,这片土地正是作者的故土。

故土的一切总是那么牵系人心。明明是看到了雪花,却偏偏要联想到梨花;由梨花而又想到了经营这些梨果的汉子和婆姨,一切看起来散漫无序,但总是离不开她心中的牵挂。从小生活过的土地,在渐行渐远的旅程中,总是不自觉地要回首眷顾,殷殷切切,这符合我们每个人对故乡的日常情态。

我们也读过别人笔下的故乡,比如鲁迅先生的《故乡》,作为教

科书上的经典,它所折射出的深刻与悲哀,已经铭记在了我们的脑海,通过它,我们感受到的是沉重与无奈。而作者笔下的故乡,却如一川流量渐大的河水,潺潺汩汩润入我们的心田,勾起每个人对自己故乡的温馨记忆。所以说,不同的情境、不同的思想以及不同的背景下,任何作家笔下的故乡都会呈现出不同的风貌。我们不要简单类比,而要用心体味。

(徐建宏)

西口的父亲

一

"哥哥你走西口,小妹妹我实在难留,手拉着那哥哥的手,送哥送到大门口……"多少年来,这凄婉缠绵的河曲民歌,一直萦绕在我的心头,让我这个身处晋西北小城、耕作这方地域文化的人,浸泡在西口文化的醇香中,随时随地能体味她的激情率性,品味她的醇厚绵久,感受她的凄美悲怆,见证她的不屈与坚强……一直以来,我以一个旅者的心态观赏这方水土的风情与姿容,享受她的真情与冲动,体会她的躁动与柔美,而从未想过自己与她有任何的牵挂。

小时候常听父亲说老家在"口外",只是到了民国十八年(1929年),内蒙古大旱,颗粒无收,素有"八百里响鞭"之誉的爷爷起锅拔灶,牵着一头骡子,驮一口锅,带着奶奶和父亲兄弟四个闯回山西,落土生根。如今我们家已有第四代人在原平扎根了,而且枝繁叶茂,郁郁葱葱。三十年前,临终的父亲唯一的遗愿是要我们回内蒙古老家看看,因此,这也成为我们兄妹多年来的夙愿。

去年"五一"前,我通过内蒙古托克托县"114"查询,一直查到伍什家乡陈俊营村委会,终于查到了"王栓柱""王强柱"姐弟俩,他们是我七爷的后代。这姐弟俩在20世纪70年代中期和80年代初曾来过山西,他们一直很向往"口里"的"繁华"与"富足",栓柱姐也曾很想嫁到山西来，但终究未能如愿。当强柱接到我的电话后，激动得声音都有些颤抖："你们来哇，来哇，早就盼你们回来咧，我正盖新房呢！"一口浓浓的河曲味儿，一句"回来吧"，让我心头一热，一股暖流涌遍全身……

回家，回家，漫漫西口路，碌碌八秩苦，父辈的西口在哪里呢？

二

"五一"小假，我们开始了新奇的寻根之旅。

"西口"，是部分山西人对杀虎口的习称。山西人走口外一般是从杀虎口和张家口出去的。两口是明长城上的西东口，因此按方位称杀虎口为西口，张家口为东口。随着时间的演变，西口成了内蒙古中西部地区的代名词。我们并没有走杀虎口，而选择了父辈最可能走的路线。

早七点从原平出发，一路高速直达朔州出口。上午十点左右，导航仪把我们导到内蒙古清水河县境。出乎我的预料，内蒙古的路修得很好，虽然弯多路陡，但路面平整光滑，丝毫没让人感觉到行路难。沿着蜿蜒起伏的嫩绿，一丛丛山桃花火红地开着，粉白的杏花点缀其中，一派黄土高原的风致。一路上，内长城蜿蜒绵亘，关隘堡寨烽台相连，不少村名都与"营堡"有关，如"大营""老营镇""燕山营乡""新营子镇""阳明堡""下团堡乡""向阳堡乡""北堡"等，而我的老家叫"陈俊营"村，它们像一颗颗明暗相间的纽扣，星罗棋布般镶缀在长城沿线，把汉民族和少数民族紧紧地凝结在一起。这道独特的边塞文化凝聚了多少血与火、爱与恨、情与仇，刀光剑影、鼓角争鸣、马蹄疾疾、日进斗金，碰撞与交融，哀怨与欢欣飘荡在高亢的"山曲儿""信天游"和"爬山调"中，书写了半部宏大的中国军事史，西口移民史、晋商创业史和民族交融史，形成璀璨夺目的西口文化。

正兀自出神，突然"嘭"的一响，车胎像泄了气的气球，"吁——"地瘪了下来，车身也感觉有点斜了，等刹住了车，已过了两里地，原来由于车速较快，车后胎爆了……此地已过清水河县三分之二地界，屋漏偏逢连阴雨，头顶黑云翻滚而来，天低云厚，雨说来就来，我们无处躲避，"唰唰唰"的雨点打得人浑身起鸡皮疙瘩……这里前不着村后不着店，可怎么办呢？唯一的办法是启用备用胎，哥哥和丈夫两人用千斤顶奋力顶起车身，千辛万苦总算安上了车胎，我们才松了一口气。直到下午四点二十分，我们才到达托县那木架，这一路用了八个多小时，而当年十二岁的父亲跟着父兄得走五六天，脚底磨穿了多少泡哪……

栓柱姐所在的村离那木架七八里，叫"九犋牛窑"村。这名儿挺特别的，我想大概与开垦养殖不无关系。后查资料才知，进入内蒙古的山西农民，最初过的是垦殖生活。我也在地图上看到了一间房、四间房、后一间房、伍什家等地名，他们是"跑青牛犋"的农民，在荒无人烟的草原上刨开第一块草地，拥有的第一笔财产。有了第一间房就意味着他们有了土地，在这块草地扎了根，才有以后的十家、五十家……所谓"九犋牛窑"，大概是最初来村定居者有九头耕牛、一座窑吧，这是很不错的一笔家底了。进村一看，已是千人的村子了，一色的黄土院，砖砌木门，跟口里并无多大差别。与口里不同的是，这里的院墙和屋墙是纯正的淡黄色。栓柱姐家约两亩半大的院子，黄墙红瓦一溜七间瓦房，整洁而宽敞。姐夫在县城上班，还种着五十亩地；孩子们都有工作，一家生活殷实而宽裕。

第二天一大早，我们终于回到离栓柱姐家四十里远的老家——陈俊营村。

村子就在公路边，我们一下柏油路便走进了坚硬的戈壁滩。路是找不到的，随便你怎么走。我们兄妹三人一下子兴奋起来，六十岁的哥哥竟一拍手激动得跳了起来："到了……到了……到家了……"

三

这是一个仅有二三十户人家的小村。穿过宽敞的街巷，犹如穿过了时间的隧道，欢快的脚步声惊得鸟雀四飞，巷内哪家的牛听着生人来了，"哞哞"直叫，扑棱棱想挤出栅栏看个究竟；村人都出来了，看着稀罕的客人问这问那。房子大多是砖木结构，每家的院子大得令人咋舌。有个三亩大的院子，上院一溜二十间瓦房，下院是满圈的牛羊，我不由得为其拍了照，后来才知道那是我八爷的孙子王强俊的房屋。

爷爷和父辈的影子留在村人的记忆中，祖辈的形象和创业史渐渐在我的脑海里成形。

"河曲保德州，十年九不收；男人走口外，女人挖苦菜"，沟壑纵横、地瘠民贫的黄土高原，迫使农民不得不背井离乡，迁徙他乡谋生。地广人稀、土地肥沃，与晋陕一水之隔的内蒙古中西部地区便成为大批晋陕农民理想的去处。清道光十年（1830年）《河曲县志·风俗》载："河邑山多地少……或赴蒙古租种草地，春去秋回，足称勤劳。"同治十一年（1872年）本《河曲县志·风俗》记载："……本地民贫地瘠，仰食于口外者无虑数千人。其食糜米、麦面、牛乳、牛肉，其衣皮革、毡褐，其村落曰'营盘'……"，另据《河曲县志》载，从民国八年（1919年）到1940年，河曲人口数量锐减8.8万人。这8.8万人就是走西口的一支劲旅。

清末民初，我的祖先从山西河曲一个叫圪针垅（现河曲葛真龙）的地方，在一个早春二月告别了妻儿老小，随着走西口的人流开始"雁行"（春去秋回）。

按照河曲人走西口的路线,"第一天住古城,第二天住纳林,第三天相思病,害在喜家坪",进入内蒙古伊克昭盟(今鄂尔多斯)境内,穿越库布齐沙漠,"快七天慢八天"便到了土默川、包头、后套等地区,或开荒、或挑渠、或放羊、或扳船、或掏根子背大炭……他们有的从河曲城关或者上游的河湾、梁家碛渡口过河后,经内蒙古马栅、陕西府谷古城进入鄂尔多斯境内;或从偏关万家寨过黄河,到达准格尔旗,再一直向北;或从河曲到偏关,经清水河县到达托克托县。显然,我的祖先会选择后两条线路,因为这是较近的线路。那时他们唯一的行旅方式是步行,他们的行装极为简单而又实用。扁担一条,一头扎简单的行李,一头扎捆行路用的食品,身上的一件烂皮袄,白天做衣,晚上当被,"铺前襟,盖后襟,两只脚攥在袖圪筒","吃上糠炒面,喝上爬爬水(冷水),进圪肚里瞎日鬼(肚疼),管他日鬼不日鬼,担上担出一身水"。苦难的穷人,只有用这种重活出苦的办法减轻疼痛,最终,他们在内蒙古广阔的土默特地区刨下了第一镢头,我的祖爷爷在离伍什家村不远的地方扎下了根,这个村叫常家营村,当我站在祖辈曾经耕垦过的土地上时,那两亩精心耕耘过的熟地在我眼里变得格外亲切,像一抹久远的记忆突然展现在我的面前。栓柱姐说:"这就是咱家的地。""咱家的地",在这广阔无垠的内蒙古高原上,居然有"咱家的地"!此时,和煦的风轻拂着我的脸庞,地埂树叶沙沙作响,地畔一列列车隆隆开过……据说方圆几十里都是祖爷爷的地,祖爷爷连同他的三个儿子一同葬在这块地里,但如今已很难确定他们的具体位置,他们的创业史、辛酸史、血泪史也被这沙土湮没得无影无踪了……我们在地埂边磕了三头,就算是祭祖了。

祖爷的三个儿子共有八子,人称"八只羊"。按说"三子八羊"人多势众,应该会在常家营扎稳根的,常家营土地虽不肥沃,但总比戈壁滩强啊。是什么迫使他们落荒而逃到陈俊营的?战乱、土地兼并,还是匪患？在西口的有关资料中，我发现这么一段历史。

20世纪初，随着帝国主义的侵略，中国出现了严重的边疆危机。《辛丑条约》后，巨额赔款使清政府陷入财政困境，不得不把这一负担转嫁到百姓身上。在内蒙古，他们一方面放垦土地，另一方面对土默特和其他地区进行土地清理。光绪皇帝朱批："著派贻谷，驰赴晋边，督办垦务"，历史上叫"贻谷放垦"。光绪三十一年（1905年）二月，贻谷筹设了清理土默特地亩处，光绪三十二年（1906年）二月，改定的章程（共22条）规定，汉民只有能交出地价加价的，才能换取地照，继续耕种原来的土地；对无主土地进行私垦的，不仅要由官收回，重新丈放，而且要交地价的两倍"以示惩罚"。事实上，汉民很少能拿出这样多的地价加价，这种疯狂掠夺蒙汉人民土地的政策，使大批汉民失去了土地，只好到地瘠人稀的地方谋生。这次举家迁徙是否与清理土地有关？我的姐弟们谁也说不清。

对于一个仅有二三百口人的陈俊营村来说，我们家无疑是最大的家族了。爷爷排行老五，人称"愣五羊"。他行侠仗义，响鞭一甩，八百里回应，据说进村抢粮的土匪从不敢进我家。上天赋予他桀骜不驯、不屈不挠、敢闯敢拼的天性，以至于民国十八年（1929年），内蒙古大旱，民不聊生，大羊、二羊、七羊、八羊等着饿死，三羊、四羊、六羊去了后套，至今杳无音信，爷爷五羊竟敢带着一家老小独闯山西！他没有回到祖辈走出西口的地方，而是选择了举目无亲的原平"十八村水地"落根。这里地势平坦，土地肥沃，交通发达，地理条件十分优越，是"阳武流金"的富庶之地。但于我家来说，无一瓦一灶，一箪食一壶浆，全靠奶奶的勤劳善良、爷爷的刚强和父辈们的吃苦精神才活下来。他们的憨直、刚烈、直率，眼里揉不得半点沙子，见不得半点苟且龌龊之事，使他们半辈子不乏艰辛。如今我们的血管里依然奔涌着这样的血液，使我们有着与众不同的性格与行事风格……

至此，我才知道我的祖籍是河曲，我也是走西口的后代。

四

在内蒙古，伯伯和父亲（大伯和四叔来山西后夭折）从小学会了养殖、放牧和杀牲，还学会相马看马，"大漠出走马，阴山有强骏"，我们全村有八个队都需要耕马。每当买马时，伯伯和父亲一定是全权代表。他们相马有一套特殊的本事：

> 一岁门中生，二岁乳隅生。
> 三岁门中平，四岁一对生。
> 五岁两对牙，六岁满口牙。
> 七岁门槛灭，九岁隅坝灭……

相耕马的口诀是：先买一张皮，后看四只蹄；槽口摸一把，膀头一样齐。

相坐骑的口诀是：红黑枣骝为上色，青白兔黑是下色。泉眼花色有讲究，腿细蹄肥是快马。

识马只会看相貌不识马的岁口，不算行家里手。因此，识马的岁口也有一套讲究：

> 春买骨头秋买膘，口老口嫩是关枢。
> 一岁马驹是童年，二岁刚好是少年。
> 三岁四岁正青年，一交五岁是壮年。
> 九岁十岁进老年，拉车耕田不如前。

爷爷、伯伯和父亲都曾回过西口，都是为了活计。

那年爷爷回内蒙古后，在返回山西的路上，突遇国民党兵抓壮丁。为躲避国民党兵的追抓，爷爷在西口路上一路狂奔，直到跑到一个僻静的山洼洼，才甩掉国民党兵的追赶，此时的他差点累死，在山洼喘了半天气，才一步一步挪回山西。回来后，爷爷落下了伤寒病，从此一病不起，不久便离开了人世……

我的父亲是一个种田的好把式。二十岁那年，他也闯回西口，在陈俊营做长工，受尽饥寒，"天下乌鸦一般黑，草地里财主心更毒。鸡叫了头遍正好睡，掌柜就催你去上地。吃的冷饭又睡冷地，长工受尽无头子气，穷人们罪多无活头，长工不如掌柜的牛……"不仅如此，有一天，这家财主的孩子玩丢了一块银圆，财主便无端地栽赃到父亲头上，父亲被吊上横梁一顿毒打，差点被打没了命！他咬紧牙关，一声不吭，等本家弟兄闻讯赶到时，父亲已奄奄一息……到后来，父亲和本家兄弟还是忍下了这口气。为了爷爷奶奶，为了我年幼的娘，他得活下去。

我的父亲浓眉大眼、高大魁梧。据说，大圐圙（蒙古语指围起来的草场，现多用于村镇名）有个叫兰凤的姑娘看上了父亲，愿意嫁给父亲，但这姑娘还是没能留住他。因为山西还有一个未过门的媳妇，那就是我娘。一年后，他毅然踏上了回山西的路，从此就再也没回去过。

西口，有父亲欢乐的童年，也有屈辱的记忆和无尽的苦难。

有首民歌是这样唱的："回水弯弯渡口船，挣下银钱往回转。算了账我就起身，拿定主意瞭亲亲，一主万意回口里，没估划路上遇土匪。要命鬼土匪刁眼狼，抢光了银钱还不让。丢了银钱眼流泪，讨吃要饭回口里……"（《讨吃要饭回口里》）。

回到山西的父亲仍摆脱不了扛长工的命运，直到1947年土改，我们家才有了房子，有了土地，真正做了土地的主人。

在内蒙古这一年，年轻力壮的父亲学会了不少本事：摇耧、下种、耕田、除草、收麦子、割莜麦、打糜谷、挖渠、打坝、垒埂……尤其是摇耧下种是个技术活，是决定一亩地产量的关键环节。内蒙古的土地十分辽阔，每家的地畛很长，一种几十亩，甚至上百亩，父亲得到很好的锻炼；回到山西后，父亲逐渐成为我们村种地的好把式。我们全村两千多口人，共八个生产队，哪个队的苗不齐了，或是缺苗了，都要父亲来"拨撩拨撩"。我们一队的地全部由父亲来种，这使我们家享有很高的威望和地位，为此我感到十分骄傲。由于父亲忠厚老实、吃苦耐劳，又有一手技术活，深得队里人信赖，大伙儿一致推举父亲当生产队副队长。这可是我们家第一个"官"，由一个扛长工打短工的穷汉子到生产队副队长，父亲的人生发生了很大变化。父亲十分珍惜这个来之不易的荣誉，从此，父亲对队里的事更用心了。春天，他顶着风沙，宽厚的脚掌深深地埋在土里，满是老茧的大手紧握着耧把，直溜溜地种过一畛又一畛，为生产队播种希望；夏日，父亲比案板还宽的背上"腾腾"冒着热气，黑黝黝的背上暴起层层白皮，与大伙儿一起孕育未来；秋天，是农人最充实快乐的季节，父亲和大伙儿一块收获着沉甸甸的果实……快晌午的时候，父亲会在地头吆喝人们喝水、歇息，间或还会讲几句笨拙的笑话解乏。父亲的发音和本地人不一样，人们便经常逗他，"今儿早上吃甚来？""喝粥（zou）来。"对方会逗他："稠（cou）的还是稀的？"他会认认真真地回答："稠（cou）的。"这些发音多少年也改不掉。

五

对于父亲，对于大山一样沉默的父亲，多年来我一直没能用文字去描述，为此，我感到十分愧疚。我的印象中，父亲从来都是沉默的,跟人见面憨憨的一笑;在家里被母亲数落两句,也是憨憨的一笑;在外面受了气,母亲都冒火了,他也憨憨的一笑:"没什么,没什么……"从没见他发过火。对他的内心,我从来没有探究过。我感觉,父亲就是一座山,是我坚实的靠山!倦了,趴在他黑黝黝的背上;累了,躺在他满是土腥味,甚至还有草梗麦秸的温暖怀抱里;甚至吃饭时,会枕在他的腿上,也不管他累不累……他连一句嗔怪的话语也没有,只是用他粗糙的大手抚摸着我的脸,让我尽情地享受父爱……

承载着几代人的重负与梦想,西口归来的父亲一把眼泪一把辛酸地走完了自己五十九岁的人生。临走前,他唯一的遗愿还是回西口看看。

西口,留下父亲太多的遗憾与梦想……

西口,辽阔如父,厚重如父……

赏 析

西口,是父亲用脚丈量出来的地理概念,也是被生存纠葛着的历史概念。那些留存在父亲记忆里的片段,承载着几代人的重负与梦想,经过作者的重新翻捡,编织成一场浩大的寻根之旅。那些早已风化的历史,在作者的笔下又重新变得生动形象,有了血肉。故乡的山川草木,人事兴废,作者的目光到了哪里,哪里就有了别样的温情。

故乡,是一个人的精神家园,在对故乡没有任何理性的思考之前,一个人就已经与它有了"剪不断,理还乱"的精神联系。或许每个人都在故乡与居住地之间,在拥有与逝去之间寻找平衡,于自由与忙碌之间挣扎徘徊,正如父亲在"临走前唯一的遗愿还是回西口看看"。因为那是回家的归途,是灵魂的归宿。回忆往事不都是为了怀旧,而是因为往事仍在继续,从未在根本上了断结束。

"西口,辽阔如父,厚重如父",西口的眼泪流不尽祖辈的柔情。"走西口"的文化内涵,也将会永远传承下去,因为那是中国人百折不挠、艰苦奋斗的精神,是所有中国人的精神财富。

(悦芳)

> 悦芳,山西高平人,现居太原。中国诗歌学会会员,山西省作家协会会员,山西文学院签约作家。著有诗集《虚掩的门》,该诗集获2016—2018年度赵树理文学奖·诗歌奖。

唱大戏

故乡是个"戏窝子",此话半点不假。有俗语为证:"宁愿跑得摺了鞋(hai),不误贾桂林的咳咳咳。"所以原平人凡知道三吉村的,便知三吉的戏台,及三吉人的戏瘾。故乡是原平有名的十八村水地之一,阳武河从西向东流经县境大半,所到之处皆草荣物茂,肥沃富庶,所以有"阳武流金"之说。阳武河流经村北,滋养肥沃的土地,这里盛产高粱、玉米、小麦,也盛产文化。故乡原本并不叫"三吉"这名儿,说起她是有来历的。据县志记载,在本村东头阎家街有一座葵神庙,是飞檐斗拱的三层画楼。逢时过节,村人在此祭祀,或歌舞,或杂耍,自编自演,自娱自乐,形成庙会,"每到晚上,置灯其上,远望一片灿然。陕西一巡抚视察路经此地,望见,脱口而出:'此乃三级村也'"。自此,本村便命名为"三级村"。后人图吉祥,依谐音,改名三吉村。以庙命村名,实属罕见,由此可知,家乡人爱戏不无根由。

庙会孕育了一种特殊文化,那就是秧歌。三吉秧歌,富有独特的风格,内容由一开始的祭神转向民间生活。像《偷蒜》《王香赶集》《小牧牛》《薅谷》都是群众喜闻乐见的。儿时,每于正月便要唱秧歌的,村里有个叫张喜喜的,外号喜儿,生得柳眉大眼白净面皮窈窕身材,一旦男扮女装穿红裹绿起来,愧得大姑娘小媳妇没处藏,可又忍不住要偷看;而平日爱红火爱耍笑的几个汉子却灰头黑脸地涂抹起来,即兴编串几句荤素搭配的台词,边唱边扭边出洋相,笑得人肚疼肠扭,一年的困乏便在无拘无束的笑声中烟消云散了。据记载,民国初年,家乡秧歌以诙谐幽默的台词、高亢委婉的曲调，闻名遐迩，享誉方圆百里，至今，秧歌艺术传人健在，且阵容齐整，后继有人。

有了秧歌这种文化基础，故乡人对戏曲的接纳可谓水到渠成，这是由俗向雅的升华。随着晋剧、豫剧、北路梆子等剧种的兴盛与发展，村人做梦都想拥有自己的戏台，这样想看戏就不需要到外村看了。于是全村集资大兴土木，在街中心建起了一座悬顶式三面戏台，外村人啧啧赞叹：到底是三吉村，到底是三吉人！这时村里人腰杆直了，脸上也放光了，想想当时村里人那得意劲……每年一到瓜红果熟的季节，村里便会派一两个见过世面的精明人去城里写戏，所以丁果仙、牛桂英、王爱爱、郭彩萍、小电灯（贾桂林）、水上漂、九岁红这些名角儿是妇孺皆知耳熟能详。据说本村还出过一个十八红蔡双苟，与银福里、福鱼旦、北贾丑齐名，可惜那时还没我呢，我是没那个眼福了。我清楚地记得，儿时，我一整夜猴在妈的背上看戏，因为对于咿咿呀呀的戏文一概不懂，所以看着看着就进了"黑甜乡"。妈呢，即使背我站一夜也要看完戏，本村不演，步行八里去沙城村看。散戏总是午夜时分，可妈一点也不累，边走边哼："离相府抛尽愁闷，好一似困鸟出笼入青云。居南窑（噢）左邻右舍多和顺，更喜我夫妻恩爱暖如春……才才才才……"一个小圆场，我随着甩"袖"而去，差点被摔死……

70年代，村人撺掇着以盖大队办公院和知青点为由，在村中心靠南划出十几亩大一块平展展的地皮做队部。这院子东西长，南北窄，长方脸儿。正面一溜二十几间平房，是大队办和知青点，东面正中是大门，入口一眼望去便是正西的戏台。这里显然是全村的政治中心；而全村只有一个供销社，油盐酱醋又要到这个紧邻大门的供销社来买，自然，这里又是全村的经济中心；在这样的中心，家乡人把戏台放在正西最显眼位置，它又当然地成为全村的文化中心。戏台一台两耳，三面歇顶，巍峨壮观，富丽堂皇，远非那些青砖灰瓦的民房所能及，可见，戏台在人们心目中的位置了。

最难忘的是戏台的弧形前台。尺许高的台围子，由木雕桃李瓜果做柱顶，柱间是弧形彩绘红黑生旦丑人物形象。平时舍不得摆放，唱戏时才把它置于戏台前沿。常言道：远看幕布，近看台步。有了台围子，你要看演员台步，必得踮了脚伸了脖子，这便添了戏角儿的神秘感。故乡人最爱的要数晋剧和北路梆子，北路梆子又称"大戏"，主要流行于晋北、内蒙古、陕北及冀西北一带，吸收陕西梆子和蒲戏的特点，形成颇具燕赵之风慷慨激昂高亢激越的特色，人称"陕西梆子蒲州调"。

那时，我正值年少，一听说北路梆子主角儿"小电灯"要来，便兴奋得奔走相告彻夜不能合眼。第二天起个大早，和早已约好的小姐妹穿上新衣服，便眼巴巴地在离家两里远的村口等。远远瞭见两三辆汽车开来，顿时欢呼雀跃起来，目不转睛地看着车队一点点靠近。等车一到村口，见到那些漂亮洋气的演员，却又羞涩得不敢近前，演员呢，呼啦啦下车来，亲昵地拍拍这个，摸摸那个：这是老武家的猴三，又长高了；那是老郝家的闺女，哟，真俊，跟我们学戏吧？我的一个小姐妹叫俊婵的，就因为这句话，苦苦等了十几年，她天生一副好嗓子、好模样，可惜一个农村户口给卡死了，她的凤愿终未实现。

"小电灯"和她女儿吴天凤最为引人注目。"小电灯"生得两只水汪汪大眼睛，杏眼圆睁时，两眼炯炯有神，像电灯一样，使台上熊熊燃烧的明油灯为之黯然失色，所以她得了个响亮的艺名——小电灯。据说为了练眼功，她在晚上灭灯后点一支香，两眼跟着香火转，练得一双眼睛灼灼生辉。小电灯在台上流盼生辉，台下却谦恭随和，那年月女性清一色黑灰蓝，她们母女二人也不例外，可她们的样式就是不一般，我很羡慕人家，吵着要妈妈做，妈拗不过我，找出姐一件半新不旧的灰褂子拆了又改,改了又拆,尽管补丁摞补丁,可小姐妹们仍是眼馋得要死,这个摸摸,那个拽拽,我呢,着实神气了几天,仿佛自个儿就是小电灯似的。

当时,方圆几十里只我们村有一座戏台,所以三吉的戏台声名远播。当台上铿铿锵锵的开场锣鼓划破静寂的夜空时,十里八乡的乡亲骑车的、步行的,一股股人流涌向戏场。本村人呢?虽说是在后半晌就埋好凳子占好地方了的,也忙不迭地扶老携幼、你呼他应进了戏场。戏台前一时间人头攒动,扛长凳的,搬小凳的,背高椅的,树上、屋顶都是人。老人们则从容不迫地拿着马扎、草墩到了没人抢的位置——台根儿,含一根长长的旱烟锅子,抽得烟锅滋滋作响。孩子们骑在大人背上,或爬在台前,倒把半个前台堵了,惹得后面的吆五喝六。年轻人是极不安分的,一会儿三五成群在人堆里挤,一会儿又要顶着人墙到人圈外的小摊上买瓜子、花生,讨好年轻姑娘……你瞧吧,哪儿有年轻闺女,哪儿准会翻两次凳子的。

开场锣鼓声一停,场内渐趋平静,人们左避右闪瞅空隙伸长脖子,屏声静气等着开演,大红帷幕一闪,出来一个俏姑娘,亮开清脆的嗓子报幕:"北路梆子现代革命样板戏《沙家浜》现在开演。"戏台下面一片唉声,烟锅磕得蹦蹦响:又是样板戏!三五个便慢慢往出挪,可当小电灯饰演的阿庆嫂满面春风地一上场,那些人的腿便不动了,后面的人看前面有人堵着,便喊。那些要走的又坐下了,小电灯的声音像一串银铃在喉咙间滚动,不时引来阵阵叫好声,最精彩的是与刁德一、胡传魁周旋时表现的复杂多变的内心世界,吐字明白清晰如话,把北路梆子细腻畅快的特点渲染得淋漓尽致。散戏时分,月明星稀,田间散发的豆香阵阵袭来,催人欲睡,哼两句戏文到家,洗洗站乏了的脚,倒头便睡,香美至极。

一晃几年过去了,年复一年,家乡人的戏瘾却不像过去那么浓了,作为原平的主要产粮区，每年每人只能分到十五斤麦子，连过年都不够用，何况招待亲戚朋友？可无论如何，戏是不可少的，但千篇一律的样板戏，叫人直倒胃口，亲戚朋友少了，戏台前自然就不那么热闹了，这样一直冷清了五六年。

岁月匆匆，历史又恢复了它的本来面目，过去不敢说的话敢说了，过去不敢唱的戏又敢唱了。1977年以后，随着新编历史剧《小刀会》《逼上梁山》《青草闯堂》等剧相继返上舞台，老人们终于如愿以偿。年轻人呢，也觉着新鲜，更主要的是农民放开了手脚，日子一天天好过起来，这些戏着实又把村子红火起来了。每到秋收季节，除了照例要唱大戏外，还要演电影，举行挠羊赛，通宵达旦，彻夜不眠。这时的小电灯已步入花甲之年，然而艺术青春焕发，光彩不减当年，她将自己的代表剧目《金水桥》《王宝钏》《血手印》等搬上舞台，甚至银幕，她那具有流动性和抒情韵味的弯调、花腔，以及高亢处穿云裂石、转折时奇峰突起的唱腔令人一拍三叹，赞服不已。戏场外则沿街一字儿摆开小杂铺，炸油条的、卖烧饼的、卖玩具的，衣帽鞋袜带，零七碎八，应有尽有。一两年过后，戏场内外又有了变化，方邻左右富裕了的村子纷纷盖起戏台，再兼台球、电子枪游戏、卡拉OK、舞厅吸引了越来越多的年轻人，逛会的人多了，看戏的人倒少了。本村人则瞅准外村人多，辟一片空地，开个临时饭店，招待那些看戏挠羊的汉子、大姑娘小媳妇；瓜摊呢，搭个凉棚，支张便床，就地打瓜，一打一个红瓤瓜，一吃满口流香……

近几年村里唱戏，母亲总要早早托人捎话给我。我也乐于趁此机会拜会亲朋好友，所以每年总要回去的。办厂的、做买卖的、开饭店的、外出揽工的都回来了，一个个脸上绽开笑容；我心里好高兴，我们这些以农为本、重农轻商的乡亲们终于换了脑筋，走出去了。可每到散戏回家时，我带回的却是一份失落，往昔那种人头攒动挤翻凳子的场景永远不再；穿着讲究的村人怕脏了衣服似的，三五一群边说话儿边远远瞭戏，至于戏文唱的是什么，他们似乎并不在意。台前寥落的人群也听着台上那些似懂非懂的台词交头接耳，叽叽喳喳，只是台根儿底那些含旱烟锅子的老者们仍如醉如痴，还得不时回头责备那些热包子也塞不住口的猴娃儿们，只是这些老者竟也寥寥无几了。

也许一种文明衰落之时，正是另一种文明兴起之日吧，我这样安慰自己。但这，需要一个漫长的过程……

赏 析

故乡，是一个人年少时渴望逃离的地方，也是一个人年老时梦想回去的地方。故乡的"大戏"，更是那一代人骨子里镌刻着记忆的美好。一个"大"字，可见故乡这个"戏窝子"在作者心目中的位置和分量。过去，农村经济、文化相对落后，赶庙会看大戏既是一种很重要的娱乐方式，也是农村人精神享悦的一种奢望，作为"一种特殊文化"的一部分，故乡的大戏，无疑是培养了作者骨子里和血液中那些文化和文学细胞与天分的不可或缺的因素。在故乡，儿时的戏台、儿时的戏目、儿时的名角、儿时带自己看戏的母亲、儿时乡人看戏的情景，甚至是儿时"小电灯"的故事与形象，在作者的心底和笔下记忆犹新，如数家珍。故乡，安放着作者的身体、精神和灵魂；故乡的大戏，见证着作者童年的记忆、成长和美好。但是，随着城镇化进程的不断推进，乡村社会的传统方式逐渐瓦解，进入城镇的年轻一代相继转向电影、电视、广播、手机、互联网等现代传播媒体，使得传统戏剧的受众群体不断萎缩，地方戏曲不断衰落，娱乐方式的多样化，使得故乡的"大戏"慢慢地远离了现代年轻人，而基本成为一种非物质文化遗产的存在，也只能以一种独特的方式留存在一代人的精神深处。

"也许一种文明衰落之时,正是另一种文明兴起之日。"作者在"这样安慰自己"的同时,让读者心底涌动起一种无法言说的失落、忧伤、自信与期待。

（赵建雄）

> 赵建雄,1968年生,山西汾阳人。中国作家协会会员,中国诗歌学会会员,中华诗词学会会员。出版有散文集《汾州有酒杏花香》、诗集《零度左右》《时间之上》等。现供职于山西文学院。

看 河

季节河清凌凌的，缓缓流淌，像一段平滑的音乐，或不经意间从指缝流失的岁月。

我喜欢看河，斜阳下绸缎般柔滑的河面，晨雾中欢欣跳跃的清溪，阳光下闪烁明灭的波光，夕照里半河红的霞彩。看冰封雪冻、亘古不变的苍茫，看晶莹剔透、光洁如玉的冰花，看汛期奔突如马、一泻千里的狂躁，看它裹泥挟沙摧枯拉朽的气势，看它止水无痕静若处子的娴静。

心目中最初的河是故乡的阳武河，好像从远古的蛮荒时代奔袭而来，她像个无拘无束不修边幅的女子，攫取了上游的家什木棍，左冲右突，把河床切割得支离破碎，全无母亲河应有的温滑柔和。想拾块鹅卵石吧，是不可能的。那时，河对岸神秘的村庄引发我无尽的想象，总想到河对岸看看，那一定是别一样的世界。我曾无数次想到自己过河后的情景，可总也过不去，我的天地就只有村子那么大。只是到后来，村里引水灌溉，河流才从我的梦中流过。与土地同样需要灌溉的，是我们的童年。那水就在我家屋后潺潺地流着，我每晚几乎是枕流而卧，它给了我丰富的想象力。踩进去，刚好湿鞋，像温润的琼浆滋润我干旱的心田；冬季则留下光洁的冰床，给我们插上有力的翅膀，一架架冰车上吐着一圈圈热气，从上面飞快地掠过……我们开始了飞翔的梦，冰河里飞起一片片欢笑，这便是一条快乐河。

为了心中的梦，我离开故乡，有幸来到另一条河畔求学。这是一条北方的河,它浩浩荡荡曲曲漫漫地向南流去,从容不迫,颇有大家风范,给两岸留下了肥美的鱼虾和翡翠般的天然牧场。早晨,岸畔草尖露珠闪烁,马背油光闪亮,不时有奋马扬鬃、仰天长啸;暮霭时分,袅袅炊烟从河对岸飘来,夹杂了稻米的清香,香浓了河两岸的农家小院,提醒人们已是晚饭时分了,于是河两岸便被笼在稻香中了;对岸绿木掩映,红墙瓦舍隐约其中,暮归的老牛懒洋洋地下得山来,回到村里,羊欢马叫,迎接它的归来……无数次在斜阳夕照下,和同学躺在随风摇曳的蒲草中,读着朱自清的《荷塘月色》,听汨汨河声,看晚霞慢慢向山后退去,想着,明天的河会是什么样的呢?不得而知。这很像求学的我,对明天永远那么好奇,永远充满希冀……或是在秋天的午后,在暖暖的阳光下,登上校舍旁的大堤,极目瞭望,看青山卷白云,秋庄稼层层递绿,秋水迢迢远去,天地是如此寥廓、湛蓝,胸臆顿开,颇有万里风鹏待举的抱负在胸……

  我终于跨越了故乡的河,甚至跨越了北方的一条大河。当我渐渐远离它们的时候,我的目光早在潜意识中触摸中国人心目中那条神圣的母亲河了,它就在离我二百公里的地方。

  我从不敢轻易靠近它,更不敢用自己的拙笔描绘它。当我沿着一座石砌禅院的砖砌小洞,过自然石阶,从独木桥攀缘到黄河悬崖上的悬空石径时,仿佛攀缘过一段历史通道。我看到黄河古道历历,岁月的年轮清晰可辨,那千年的岩灰依然夹在其中,北方狂暴的季节风竟没能把它掠走。头顶悬着一块巨石,脚底是雷霆万钧的惊涛骇浪,使人领略盘古开天时的惊心动魄!在一个峭岩倒挂、飞鸟难栖的天然洞穴,虽有弥佛开怀,但历史的深邃、时空的沧桑仍扑面而来。入得洞来,仿佛藏身黄河母亲的腹中,更添了崇敬与膜拜之情,人类就是从黄河流域的这一个个洞穴繁衍、生息、出发的,中华文明就是在这样的洞穴中孕育成熟的,从这个意义上说,悬空石径就是中华文明的通道之一!

　　向北远眺,千里黄河,全然不见它从天而降时的奔腾咆哮、湍急磅礴,而自东向西倒流着。这就是黄河九曲之一河曲。极目西天,茫茫云水,无边无际,秦阔晋舒,河心二水中分,浮出两个小岛。娘娘滩绿草萋萋,林木繁杂,若世外桃源;太子滩英姿勃发,顶风拒浪,似中流砥柱。这是最宜人类生息的家园,这里应该有人类文明的种子飘落,果然,娘娘滩上现存的汉瓦印证了我的猜想。传说当年身怀六甲的汉文帝母亲薄姬为躲避吕后陷害,逃难到这个万里黄河上的孤岛时,她日出而作,日落而息,渔樵耕织,行医施善,行走于胡汉两地,播撒着农耕文明和草原文明。她十分不幸,但也十分幸运,在这个不足一平方公里的土地上,她在耕种黄河文明,也在耕种中华文明。在现在叫太子滩的那个沙洲上,她生下了一个小生命,也孕育了一段中华文明史。从这里走出去的汉文帝以来自黄河绿洲的超脱、黄河水的厚重与灵秀,为汉王朝奠基,开创了辉煌的"文景之治"。

　　许是饱受黄河文明的熏陶,亲历了农民式的苦难,汉文帝的休养生息、强调教化和以民为本使他十分地平民化,他摒弃秦始皇穷兵黩武、严刑峻法、挥霍无度、奢靡腐化的遗风,广开言路,不仅将宫中美女大部分放回家,不兴土木,还带头种田鼓励农耕。这些难得的品质,是与生俱来的黄河人的品质。

　　这个不凡的小岛被汪洋的河水簇拥托起,就像小岛人家对薄太后的奉敬。河水托起了小岛,小岛托起人们的信仰,恬淡和贵富足安康,天经地义。娘娘滩是河心平地,高出水面不过数米,但历代洪峰少有上滩。不管兵燹马乱,风云突变,小岛风平浪静,永远是黄河中一条不沉的船。

　　我的祖辈就是坐着这里的船,踏上漫漫西口路的,那印下百万只脚印的古渡口就是历史的见证。你听河里扳船的号子撼魂摄魄,揪着妹妹的心……那脚踏河岸手扳船帮子的妹子,掏心窝子的话儿说不完,"黄河浪大船绳短,揪心扯肺怎离转,黄河水就是妹妹泪蛋蛋泡的,黄河水流得妹妹爱断情伤……"尽管这样,祖辈们仍勇往直前,就像不远处的天桥急流,浩浩荡荡地开出西口,在口外荒凉的大草原,用工业文明的先祖之一——铁犁,犁开内蒙古草原,撒下一把把糜籽,撒下农耕文明的种子,带回草原文明的奶浆,滋养了一代又一代中原人,给汉文化增添了新鲜的血液。

苦痛自然是少不了的,那神游的河灯就是走西口人的精魂。飘游的河灯在浓重的暗夜,竟然不顾水流的湍急和礁石的撞击,一点点飘向目光的尽头,飘走岁月的苦难,带走人们的思念……时代是可以带走的,但不屈的精神是带不走的,看大河上空次第绽放的菊花,把曾经苦痛的"河灯节"渲染得流光溢彩,人披了这霞彩,好似喝了米酒,脸红彤彤的,都醉倒在二人台的凄美中了……

河对岸一个磁性的嗓音飘来,或远或近,似有似无,是高亢的信天游。他不仅在看河,而且在唱河。那儿是陕北,当年的秦国所在地。秦晋之好大概就是因此而起的吧?山曲儿是两岸割不断的血脉。像一声问候,一段祝福的短消息,朗朗的风,淡淡的云,一坛陈年的酒,一个久远的梦,一个难觅的知己,一个擦肩而过的人,像岁月一样淡然而过……

看河,是一种冷静,一种境界,一种超脱,一种风姿。而唱河是一种全身心的投入、体验,和情感的喷发!下次来,我一定会唱河!

 赏　析

作者把河流的意象与命运联系在一起,低沉的涛声与翻滚的波浪,恰好与命运可有一比,显得凝重而生动。于是,作者开始上溯河流的

源泉，追寻着隐匿于血脉、埋藏于黄土乃至潜伏在语言中的根基，她用一系列结构相似而又意义递进的句子，梳理着那些"河流从我的梦中流过"的日子，凭借一系列对人类历史的追忆和自我经历的体悟，将这些孤立的片刻汇成一条河流，滔滔地滚动着生命的意义。作者在看到河流流逝的同时，还看到了空间的重叠、时间的重叠。有对土地的敬重，有对生死的审视，有黄河水的不羁荡漾，也有大风洗涤过的纯粹灵魂，千百年的故事在水花中翻动，在平朴而婆娑的日子深处闪烁悠远的光芒。作者将真情实感和空灵之境融汇于作品之中，增添了作品意境的空旷感。

正如作者在文章结尾所说："看河，是一种冷静，一种境界，一种超脱，一种风姿。而唱河是一种全身心的投入、体验，和情感的喷发！下次来，我一定会唱河！"作者把人类历史，连同自己的生命都融入进了这河流之中，在河中看到了自由的魂魄，并试图与河共舞，用力勾画出一生的辽阔。这种从对河流的自然属性的正向过滤演绎到对现实人性灌注滋养的暗码解密，有着寻常之物赋新所指的脱胎换骨和对人生流向充满胆气雄心的可贵姿态。

（悦芳）

戏 台

不知从何时起，村中一片较为开阔的地方，就有一座戏台了。它坐南向北，歇山顶式，飞檐斗拱，古朴沧桑，一副摇摇欲坠的样子。在我的记忆中，小时候看过好多场戏，"咿咿呀呀"的也不知唱什么，只是"出将""入相"这几个字记得特别清楚，那道门帘也十分神秘，只见"出将"帘一抖动，便会变出一个个脸谱来，或环佩叮当，杏口一开，珠圆玉润，韵味悠长；或背插四色旌旗，铁铠寒光，威风凛凛，开口则高亢激昂，穿云裂石；或黄袍加身，龙颜大悦，慢条斯理，金口玉言，一字定乾坤……人生众相，只在那帘子背后藏着，王侯将相，才子佳人，痴男怨女，都活生生展现在舞台上。在这个仅有二十多平方米的舞台上，有过崔莺莺与张生的爱情故事（《西厢记》），有过关羽单刀赴会的飒爽英姿（《单刀会》），有过感天动地的《窦娥冤》，也有过侠肝义胆的赵盼儿（《救风尘》）……这座建于元代的戏台，实在是太叫人过瘾了。

时光流转到20世纪70年代初，村里已有了两千多口人。首先是这场地太小，连三分之一的本村人都放不下，更何况川流不息的外村人？再者，戏台的地势也低了点，前面的挡了后面的，后面的又挡了再后面的，连墙头、房顶都爬满了人；这座戏台也太旧了点，山墙裂了缝，走风漏气，实在再不能唱了，于是村里人合计着要盖一座新戏台。此告示在大队部门口一贴出，村人便拍手称快，大队部刚刚选好台址，便有人报名要做义务工，有的搬来檩子、柱、椽，有的搬来砖、石,比盖自家的房子还上心呢!伯伯那会儿虽然眼睛已经不好使了,将近七十岁的人了,仍提了铁锹参加劳动,他说,这是积德呢!

经过一春一夏的精雕细刻,到瓜果飘香的季节,戏台胜利竣工了。粉红色的折叠式顶棚,宽大的舞台,足有原来的三个戏台大。舞台两边还配有演员化妆、更衣的两个耳房,那耳房也足有三间大。弧形的台围子上,雕有福禄寿喜、吉庆鱼鸟、人物花卉等画栏。它是活动式的,平日里,我们是见不着它的,只有到唱大戏时,才把它搬上舞台前沿。戏台坐落在大队部正西,威风凛凛,雄踞方圆百里,人们都说,三吉的戏台,百里挑一。

有了这座戏台,村里人的腰杆便硬朗了好多。过节唱戏时,外村人艳羡的目光和啧啧的夸赞声,都会使村里人脸色瞬间变得格外红润。他们被旱烟熏黄的指间竟然夹上了纸烟,夹烟的右手也格外地抬高了许多,左臂操在胸前,肚子微微凸起,呈稍息姿势,漫不经心地和外村人搭着话。台上请的是"小电灯",他们看似前后左右招呼邻村乡亲,耳里却格外专注地收集人们的每一句赞叹:"还是人家三吉村,瞧瞧这戏台盖的。""咱全家一年连五斤麦子也分不下,人家一个人就十五斤哩!咱是盖得起戏台也招待不起亲戚呀!"

戏台是村里最高的建筑,它比地基很高的大队部要高出三米以上。村里人盖房子十分讲究地基和整个建筑的高低,一条巷里从没有几家的房顶是同一高度的,往往是前面一家低些,后面几家一家比一家高,怕的是挡了光线、风水和财运,一个建筑的高低往往说明它在人们心目中的地位,譬如平遥古城是一座商城,管理市场的市楼要远远高出县衙署,成为全城的制高点。过大年时,县太爷还得给当地晋商登门拜年呢。村里人心目中,自然最重视自家宅基的高低了,但有一点是共同的,他们把戏台看得高于一切。

这座戏台就成了人们的情感寄托和美好享受。心里想说的话,想做的事，没地方说，全让这戏台给演绎了。戏文里说出了自己平日不敢说出口的话，做出了平日不敢做的事，对村里人来说是一种情感的宣泄。他们往往与戏里的人物心照不宣，有一种共鸣，所以平日里大人是不让孩子们随便上戏台糟害的。有一年不知谁家把草秸垛在了戏台上，让村干部在喇叭里批评了三天。

我记得只有两个追悼会在戏台上开过，一个是大队支书的，还有一个是民办教师的。

大队支书是在一天清晨突然病逝的。他患了喉癌，当他清早六点敲打村里赤脚医生的家门时，已经说不出一句话了，生前他苦口婆心地说了无数的话，为全村人操碎了心。他是个有文化的年轻人、有文化的好心人，追悼会上，除了沉重的悼词外，台下是静静的小白花，似繁星点点缀满了场院……

民办教师走的那天是正月初二，爆竹的浓烟还没有散尽，空气中充满了喜庆的年味。他是想着要给母亲包顿饺子的。那天他从母亲的病榻上，一往起站，就栽倒在地，再也没吭一声。民办教师呕心沥血教书育人四十年，皱纹年年增，白发岁岁添，一边耕种、一边教书，还要照顾卧病在床的母亲。他的学生成才、成功的无其数，他的儿女也远走高飞，剩下他陪伴老母三载，竭尽孝心。近半年，老母病重，他端汤送饭，梳妆擦洗，无微不至，终究积劳成疾，母尚在，儿先去，天命之年，遽然长逝……村里人在凛冽的寒风中啜泣不已，想着自己成才的子女，感念之情，使眼眶溢满了泪水……

这座戏台，是道德的标杆，是人心的向背，是村人心中一座神圣的殿堂……

 赏 析

　　戏台是一种精神的传承和纪念。文章细致地讲述了搭戏台的过程以及地方戏剧的特色,更用重点笔墨展现了乡亲们对看戏的那份渴望和热情。文章朴实无华,生动细腻,有力地再现了一个时代精神生活的场景,令人触动和怀念。这些古董一样的戏台,穿过历史的尘埃,成为乡村人们劳动后最大的仪式场所,成为珍贵的"活历史"。从繁华到落寞,这座方寸之间的戏台,昭示着人世间的沧桑和变迁。

　　千百年来,戏曲已经演变为中华民族传统文化中的新民俗,成为传统文化的一个风向标,而戏台更承载了每一个中国人的家国情怀和集体记忆。人间的悲欢离合,世上的喜怒哀乐,都在戏台上演绎得有声有色,有情有味,于是不管台上台下的面孔怎么变化,也不管艺术形式随着时代变化如何更新,融入老百姓血液里的那种戏剧情节是不变的,这样,戏台和戏曲也就有了生命。命运为你设置了许多谜语,只等你款款走向前来,俯下身去,逐一地揭晓答案。

　　每个人的一生都是一场戏,人间举步皆戏台。

(悦芳)

椒园纪事

是这个季节吗？和暖的风儿吹绿你，满园子站立你，青杏尚小，你的籽实也青绿青绿。那年我八岁，姐姐走进你们家，我走进你的园子——椒园。

你带刺的身子装点一身小绿，艳阳下洒满了斑驳树影，密匝匝罩绿松软的土地，宛若一顶顶花伞，为燥热的初夏平添丝丝凉意，任杂草丛生花木竞放虫鸣雀飞……

还记得那个扎马尾辫，穿一身玄衣的女孩儿面对你潸然而下的眼泪吗？那是见到你后的第七个年头，正是风吹瓦破的数九天，萧萧寒风将你的落叶漫天卷起，满园的枯枝败叶乱飞，那个女孩站在你面前骤然感到凝结于心的悲痛。父亲刚刚去世，她面临着失学危机，看你裸露的枝枝杈杈，像看见父亲青光闪亮的腿和历历显现的肋骨；听你呜咽的风声，一如听母亲暗夜中的幽咽……那时，她暗下决心：一定要用自己的双肩挑起生活这副沉重的担子。

那个女孩儿便是我。

父亲去世的第二天早上，妈说："瑛子，把你的红毛衣染成黑的吧。""不，我不，黑的多难看！""你……你……"妈指着我半天没说上话来，煞白煞白的脸让人不安，伯父也气得又瞪眼又跺脚："不懂事的孩子，还不快给你妈说好话？！"我一时慌得不知如何是好："妈，我染……我染。"就在那冷天，用冻得胡萝卜似的手染了一整天，算是惩罚自己，心里空落落的似丢了魂儿。绝望和无助感顿然袭来，父亲临终前难耐痛苦的煎熬，偷偷用毛巾堵嘴的场面不时出现在眼前……霎时，一股悲痛从心底涌起，我才在父亲灵前放出第一声哭。

送走爹后，那些平日穿的花衣服自然是叠得整整齐齐地压在箱底了，换上的是姐姐退下的又肥又大的灰褂子灰裤子。我继续上学，不想这一年高考落榜了，继续参加高考对我来说是很艰难的了。姐姐刚刚结婚成家，我十五岁了，该是大人了，我该用自己的双手还清为父亲看病拖下的累累债务，我该抚慰母亲那滴血的心，我该……我有许多的应该……可是姐姐却坚决反对："我供你念书！"她几乎不假思索地从母亲肩头接过了担子，甚至没容我摸一下。那年她才二十三岁。

姐姐是属于那种被耽误了的一代中的幸运儿。上初中时她就是班里的"尖子"，校门口的小黑板上常有她的"大作"发表。上珠算课时，姐姐一甩又粗又黑的大辫子，登上讲台把算盘拨得"啪啪"响，人称"小快板"。从那时起，她立志要考上大学。她永远记着母亲的那句老话：不识字，受人治。母亲是缺盐少醋东挪西借也要供姐姐和哥哥上学的。可惜的是，姐姐没能实现自己的梦想。

好不容易等到了那个春天，姐姐像久旱逢雨的禾苗，终于得以灌溉。她如饥似渴地吮吸春天的甘霖，在恢复高考制度的第一年，便跨入了忻州师范学校，你能说她不幸吗？

然而姐姐还是感到了遗憾，她的"大学梦"并没有圆。可面对窘困的家境，她别无选择，她像接力赛跑运动员一样，从母亲手里接过接力棒。那年，她毕业后被分配在村里的社办高中教书，每月工资仅仅29.5元。

直至我开学那天，姐还没领到一分钱的工资。债务累累的妈妈是没法子了，十几块钱的书费、学费竟无从交起。姐姐修眉颦蹙，好一会儿都不说话。突然她眉头一展，从她婆婆放米面的屋子里包了一包东西出去。不一会儿回来，脸上便有几分喜色。她掏出十几元钱给我：

"快交去吧，要迟了。"后来我才知道，那包东西竟是花椒。

从此，这些满身带刺皱皱巴巴的椒树与我便有了一份特殊的感情。跟着姐姐补习的那段日子，我有幸又住在了椒园的那间小屋。小屋与姐姐房间有一门相通，常于星期天搬一把竹椅在树荫下听姐姐给我讲解一道道难题。姐是我的语文老师，那些古怪的古文到她嘴里便妙趣横生，并有那么多有趣儿的典故可听呢！

夏夜是园子最美的时辰，溶溶月光泻满椒园，也泻在我和姐姐身上。那些椒树千姿万影，仪态万方。听蛙鸣蝉唱，看姐姐学几可捧腹的同学憨态种种，有一刻轻松便可酣然入睡。睡前隐隐地听到拉风箱的声音，猛推门，却在灶前的火光中看到像父亲那样浮肿的腿和肿得馒头似的脚，心一阵紧缩——这儿没有父亲，却是姐姐。她正弓着难以弯回的腰拉风箱蒸窝头呢，明灭闪烁的灶火照亮她脸上的汗珠。我一把夺过铁铲子，"哇"的一声大放悲声，令姐姐惊恐万分。她慌忙遮了腿："怎么了，怎么了哎？"我看着她的腿嗫嚅着说不出话……她看看我又看看自己哈哈大笑起来，而且笑得喘不过气来。我怔住了，突然发现她那笨重了的身子，便噗的一下破涕为笑。可是转而又想起她在这个"非常时期"为我啃窝头，为我艰难地弯着腰搓高粱面鱼鱼的情景，心里一阵阵难受。

我怎么就长不大了呢？

不久小宝宝就呱呱坠地了，挺可爱的一个男孩，生下来就张着口找奶吃。可是姐姐的奶水却不能满足供应，奶粉炼乳又难以供足，饿得孩子嗷嗷直叫，急得姐姐整夜整夜抱着孩子在地下兜圈子。我看着实在不忍，就想着和姐姐轮流睡觉抱孩子。姐一把推开我："去去去，睡觉去，明天怎么上课？"第二天她眼圈便黑黑的，人也慢慢变得瘦弱苍白，可讲起课来依然精神十足。这一年我的高考成绩达中专分数线，其中语文分数达九十五分。但校长建议我不要上中专，说我是考大学的料；姐姐和家里也勉强同意了。

　　管他呢！暑假，如释重负的我总算能轻松一段日子了，抛开枯燥乏味的课本，偷出姐姐珍藏的《红楼梦》，一头扎进园子细细赏玩。园子像一个慈爱的母亲张开绿色臂膀拥我入怀，背靠椒树任叶子轻轻摩挲，像感触姐夜间为我披被的手臂，仰首闻点点暗红散发的醇香，椒树俯首静静地看着我，像情窦初开的恋人深情的目光。偶尔一阵风来，叶子簌簌抖动的声音由远而近，一组流动的音符徐徐入耳，一盘甜盈盈的西瓜便在脸前——是姐。

　　自此，在树荫下，姐教我认识了曹雪芹、罗贯中、汤显祖、托尔斯泰、巴尔扎克，也教我认识了鲁迅、茅盾、冰心、巴金，甚至翻卷了的《战地红缨》《义和团》《灵泉洞》我都爱不释手。

　　补习开学的那天，绵绵秋雨淋得人心头冷冷的，想着六十里路的艰难、油灯下的苦熬，想着要离开朝夕相伴的姐姐，我烦躁地将脚上的雨靴蹬脱老远。姐姐看着却什么也没说，只是默默地为我打点行李，为我穿好雨靴，完后站在那儿搓着两手看着我，一时不知如何是好。我心里直恨："都是你，都是你……逼的！"便赌气推着车子闯入雨中。路上满是烂泥，但我什么都不顾了，一猛子往前奔……快出村时，终于不忍就这样走，回身望去，姐手搭雨棚浑身湿漉漉的仍站在雨中……不由得我鼻子发酸，泪水混着雨水流满双颊……

　　这一年，我考取了本省最高学府的中文系，姐姐的梦终于圆了，她高兴得哭了。

　　十几个春华秋实寒暑更替，又到花椒收获季节，再一次回椒园看椒树，那点点暗红殷殷如斯等候在枝头，那枝叶习习传递我归来的消息，满园欢欣的椒实抚我、牵我，令我百感交集。姐一家已经入城，那门锁已然是锈迹斑斑了，那围墙已然是残壁断垣了，椒园却丰草争茂佳木葱茏依旧，椒树蓬蓬勃勃绿荫满地依旧。人生有四季，椒树也有四季,不管在哪个季节,椒树始终如一把燃烧的火炬照亮我的路途。它的果实是粉身碎骨也要调制美味佳肴的,却从不考虑自己的归宿,此时的椒树,不就是姐姐吗?姐姐寄托在我身上的梦圆了,她自己的梦却永远是螺旋式地向前延伸着。她又把自己的梦寄托在我的两个侄女、侄儿身上,儿子、女儿身上……不管处于什么境地,她都要倾其所有支持孩子们的学业。不仅如此,直至今日,她对我的关爱依然如一团光亮的火焰温暖我,感动我,鼓舞我,并且在劳累一天之余,挑灯夜战把这份爱织进我女儿、丈夫身上。姐姐,我真的还没长大吗?为何在你两次住院做手术时都不让我知道?为何我去看你,你总要把我的挎包塞得满满的?你的眼里,我还是那个扎马辫照顾不了自己的女孩儿吗?

姐姐的梦还没有圆!

姐姐的梦永远做不完!

姐姐的梦是我们祖祖辈辈做不完的梦!

赏 析

《椒园纪事》如一股细细的清流滋润着每个人的心田,读罢让人不禁会问,亲情到底有多深?

作品以纪实的手法写了"姐姐"对"我"的关照、呵护,这种手足情是温暖,是欢乐,注入到了"我"的心田,而且在"我"迷茫、困惑的时候能指引方向,它就像一根绳子,把"我"的心紧紧地缚住,即使到了中年时也不曾放开。

作品中无论记人还是叙事,都用最平实的语言彰显着最大的魅力,在自由、随意中把文学和生活的距离拉近了。文章描写了从父亲去世到"我"考上大学,直至今日,"姐姐"都是那个一直守护在我身旁、让我无时不念的人。"姐姐"是一位非同寻常的姐姐,她肩负着家中的重担,为了"我"能读书,她吃尽了苦,但她却任劳任怨。所以说,"姐姐"就是"椒树",是"我"生命中那棵"从不考虑自己归属"的椒树。文中采用对比的手法,将"我怎么就长不大了呢"和姐姐"那年她才二十三岁"放在一起,凸显"姐姐"隐忍负重的品格,使"姐姐"这一形象更趋于立体化。

就表达而言,清新隽永、富有哲理的语言是"椒园纪事"的亮丽特色,无论是人物对话的精炼通俗,还是情节叙述的耐人寻味,都显示出作者深厚的文学功底。像"人生有四季,椒树也有四季,不管在哪个季节,椒树始终如一把燃烧的火炬照亮我的路途"这样的语言,借椒树写人生,化抽象为具象,是作者思想孕育的结果,是经历过甘苦人生后的升华。

(张莉)

> 张莉,忻州师范学院中文系教师,长期从事写作、公文写作和儿童文学的教学工作及研究,主持并参与过多项各级课题的研究。

瑞雪兆丰年

生在北国,对雪并不怎么好奇,只觉它离秋太远,离丰收太远了,远水解不了近渴。这干旱的黄土高原,像一个干渴的旅人,急需的是甘霖的浇灌和滋润,因而打小潜意识里便喜欢雨。夏雨,除了满足父母干涸的心田外,也满足了我。在学校宿舍床上,用纱帘围成自己的天地,可以梳理自己,放纵自己,或者安静自己,听雨打芭蕉看绿意葱茏,心里湿漉漉的便十分畅快!

这是在春节,爆竹的硝烟正浓,七尺大柜上,公婆把积攒了一年的心思都摆上去,而我把我的心思全部交给他们保管,任由他们升腾成袅袅香烟。向窗外望去,空中丰盈的雪洋洋洒洒,再看南房瓦楞上、果树杈上已十分丰硕了,想着"咯吱咯吱"的踏雪声,心也雀跃起来。但外面却静得出奇,这显然不是在城里,城市是没有季节的,即使厚雪如被,也会喧嚣起来。

我小心翼翼地推开门,站在门槛上,生怕带出的玫瑰汾香袭扰了她,始终不敢下脚。南房的婆婆从屋里出来,拿了一把高粱穗做的扫把,正要扫,我把她唤住了。婆婆怔怔地不解风情,看我迷恋的样子,却又释然而笑,用扫帚打落树杈上的雪回屋去了。隔窗的公公笑我的傻样儿,指指点点。婆婆又以热腾腾的油茶示我,我都没顾上接茬儿,她只好把它又炖在火炉上煨着。

站在雪地里,却分明有一种暖融融的感觉。欢笑声飘来,那是在不久前的冬季,城市人想找到的那份雅趣。当我们走向远村那一抹土墙时,偌大的雪原展现在眼前,似有机舱俯视云海的感觉。我们把厚重的冬装统统扔掉,就地一滚,滚烫的热浪席卷了原野,雪仗直打到麦地,麦茬仍留着,给这原野留下来年的希冀。而暖暖墟烟里一派春意,大棚里的豆荚正在疯长,葫芦花开得正艳,对外面的严寒不屑一顾。这使人们对旁边高傲的坟茔也蔑视起来,归途中众人竟要相约百年之后再来,有人甚至"口出狂言":那时将有这多李清照,还怕没人烧香?……

此时,天空豁然开朗起来,厚重的云层大片向东飘去了,慢慢露出蓝格莹莹的天。晃眼的阳光从东边射来,照得院墙瓦楞十分耀眼,婆婆的心头也被照得亮堂堂的,自言自语道:"今年又是好年景。"对我来讲,阳光永远是一道灿烂的风景,我曾多次被雪野中的太阳所感动。有一次,我奔驰在雪原上,向着青褐色的暮霭奔去,山尖上火红的太阳仿佛在等待着我,它停止了点点下移的脚步,雪野上便托起一幅壮美的立体画图。

婆婆早耐不住了性子,她怕积雪融化,赶忙吆喝公公一同来铲雪,然后把老天的赐予悉数堆积在树根下、小畦里,仿佛攒下这点雪,就攒下了一年的收成。此时我才明白,婆婆为何第二年夏天要把地里收获的每一颗粮食不厌其烦地在太阳下翻晒一遍又一遍,心里就觉得这几颗粮食比珍珠都贵。是啊,只有农人才真正懂得"谁知盘中餐,粒粒皆辛苦"的内涵啊!

这年深秋,我追着放在路上的太阳,起伏于晋西北曲折的山道上。那时,虽没有雪,但太阳仿佛是一个精灵,在车前跳跃奔跑,感觉伸手可及,然你终究逮不着。我和朋友的心不由自主地被它攫紧了,奔跑着,追赶着。可当你到达山顶时,它又挂在了天边,给你一个彩陶般的幻境。当我们从火红中走进焦黄的秋天时,秋并不像婆婆企盼的那样——会有好收成:路边的玉米秆在烈日炙烤下,几乎要被点着了,而瓜农却没有嫌弃小如皮球的西瓜，怀揣着它们，小心翼翼地放它们在瓜篓里，仿佛抱着一个三世单传的婴儿。

瑞雪兆丰年，可他们盼来的又是灾年哪！当我们走过村庄时，虽然他们的希望在赤日炎炎下化为乌有，然而我们没有听到垴畔上端着碗喝稀饭的农人半声叹息，他们边喝还边唱着兰花花呢！我想，他们今年可怎么过呢？

我看见了农家小院里的水窖，他们毫不气馁，仍然会把春天的细雨一滴一滴收集在里面。那虽是阳光不到之处，但珍存着雨水，也就算珍存着丰收了。

明年一定是个丰收年！

说起北方的冬天，人们自然会想起茫茫的雪野，还有刺骨的寒风，好似冬天就是一幅自带萧瑟的"画"。但是《瑞雪兆丰年》带来的却是一股绵远悠长的暖流，有一种沁人心脾的温暖充盈在心。

作品用不经意变幻的镜头给我们展现了三幅冬雪图，画面动静结合，连环推进，形成一组冬日特有的景观，读来别有一番韵味。

第一幅画面：七尺大柜、丰盈的雪、果树杈、扫帚、油茶，一家人团团圆圆迎接春节。这幅画面看似平常，没有特别之处，但如果将这些物件叠加放大，就会变成一幅其乐融融、有形有色的年画了。画面中公婆把积攒了一年的心思都摆放到七尺大柜上，和着爆竹的烟雾，祈求着子孙平安、来年风调雨顺。而"我"只负责赏雪，那丰盈的、让果树杈都变丰硕了的雪，使世界都静下来了。所以，"我"不忍它被高粱穗做的扫帚破坏，"我"想在它的怀里放飞自我。这是一幅无声的画面，但却有着"此时无声胜有声"的艺术效果。

第二幅画面：远村的土墙、偌大的雪原、大棚里的豆荚、葫芦花组成了一幅雪后乡野图。与第一幅画面相比，这里多了分明的色彩，多了动的知觉，多了喧闹的音符，强化渲染了热闹自在的生活。这是在第一幅画面上的拓展，是一种跃动着激情的境界。

第三幅画面：雪中的阳光和阳光下的雪相映成趣，"我"感受着雪中灿烂的阳光。婆婆把老天赐予的雪悉数堆积在树根下，她的心是亮堂堂的。动静结合的画面把人们对美好生活的希望、向往不露声色地展现了出来，回归到主题"瑞雪兆丰年"。而作品最后笔锋一转，写道"瑞雪兆丰年，可他们盼来的又是灾年哪"！让人一下子陷入低落的情绪中，无形中带给人一丝丝的伤感。如果作品就此打住，或许读者都觉得意犹未尽，作者最为高妙的地方是逆势而上，写出了农人们对生活的乐观态度，并且由此引发出人们应有的反思。

作品采用电影蒙太奇的手法，将几个画面并置在一起，画面中人和景交相辉映，是一篇画面和文字有机组合的佳作。

（张莉）

河曲民歌中的祖辈们

河曲于我，有种说不清道不明的因缘，至今我仍然没弄明白，我的祖先到底是谁，他是怎样从这里走向西口的，我的祖先的祖先是什么时候生活在这里的？但有一点是确定的，我的祖籍在河曲县沙坪乡葛真龙村。

于此，我对河曲便有了一份别样的情感，每当徜徉在这个晋西北小县的大街小巷时，从身边一闪而过的柔柔的软言俚语，还有随处可以听到的地道的山曲儿，就会让我有种别样的感觉，父亲的口音就是这味儿！——怎介哩（怎的了）？我是听着父亲的山曲儿长大的……天上下着蒙蒙细雨，我总感觉自己多少年前就在淅淅沥沥的雨中走过这条街，和小伙伴们嬉戏过，吃过路边的那些馋人的驴肉碗饪和沙甜的海红果子……心中便会升起一种莫名的亲切感。

适逢七月十五河灯节，我又回到了河曲。在河曲观灯，我是第三次了，每一次都有别一样的感受。

随着人流，我漫步于隩滨大道，向临隩公园走去。位于隩滨大道和长城大街交汇处、占地面积17.3公顷的临隩公园，约可容纳数万观众。当我跟着人流走进新修建的临隩公园时，眼前豁然开朗，公园正面，最鲜明的地标建筑是金碧辉煌的隩曦楼，两边是多功能影剧院和综合馆，颇有国家大型建筑的气势。登上高三十多米的隩曦楼，俯视脚下的母亲河，只见涛水涌动，微澜触岸，犹如母亲亲昵的拍打，抚慰着走西口归来的儿郎。河水斑斓流淌着，在七色灯光的映射下，流向远方……不远处的西口古渡广场遥相呼应,火红的二人台醉了三省的父老乡亲们,看不够的二人台,听不厌的山曲儿,情侣相依,老幼相携,戏场上人头攒动,戏台下是黑压压的人海。台上可劲儿地唱,台下似一个个伸长了脖子的"鸭子",他们早早就在戏台对面的河神庙台阶上抢好了座位,一边抿着小酒,一边听着山曲儿,如醉如痴……

潮湿的河风扑面而来,脸上湿漉漉的,好似在江南小镇,这样的气候在晋西北黄土高原是不多见的,只有在突入黄河的这块大绿洲上才能感受到。河曲美女是出了名的娇美,袅娜娉婷的身材,配上白生生的脸蛋,爱死个一十三省的后生们。你看月光下的临隩公园,华灯齐放,在各色彩灯与礼花、河灯交相掩映的海红树下、栏杆旁边,有多少情侣依偎……有的低首窃窃私语,有的交颈相拥相偎,有的挽臂漫步岸边……一片灯的海洋、歌的海洋、爱的海洋……这块土壤盛产情与歌。爱在这里萌芽、发育、成熟、收获,他们在感念祖辈的西口情结之时,也孕育了甜美的爱情。相思、相恋、相爱之情在今晚得以尽情地释放……对于今天黄河两岸三地的年轻人来说,河灯节就是他们的情人节。

"关关雎鸠,在河之洲。窈窕淑女,君子好逑……"这是《诗经·关雎》篇中对男女相爱之情的描述。

"东山上点灯西山上明,难活不过人想人",河曲人这种相思之情更为浓烈,因为他们有一段不寻常的走西口的历史。相思中的恋人一日不见,如隔三月。

    三天没见妹妹的面,
    两眼一闭就梦见
    ……

想你想你实想你,

三天没吃半碗米

这与《诗经·王风·采葛》中的描述何其相似:

彼采葛兮,一日不见,如三月兮!

彼采萧兮,一日不见,如三秋兮!

彼采艾兮!一日不见,如三岁兮!

河曲民歌有一万余首,有相当一部分是情歌。它们广泛地传承了《诗经·国风》和汉乐府、魏晋南北朝民歌等比兴、反复、排比、双关、夸张、对比的表现手法,从自然和生活中撷取了丰富的养料。若让周朝的采诗官再来采风,不知要出几部新版的《诗经》呢……

河曲人唱情歌是为了"解心宽",也是为了"解心忧",高兴时"解心宽"要唱,郁闷时"解心忧"要唱,走西口想亲亲要唱,夫妻二人喜团圆也要唱……情歌从春唱到秋,从夏唱到冬。

晚八时许,随着第一盏龙头主灯从河心的木船上下河,每隔五米,就有一组彩灯飘下船,河中心就有了一条游动的彩线;此时,河心沙地上的礼炮腾起,咚咚咚溅起一片欢呼声,礼花飞跃升空,在隩曦楼上空当头绽放,变幻出各种不同的造型,多姿多彩目不暇接,令人感到从未有过的震撼!河灯在河水的冲涌中挨挨挤挤,或形单影只,或三五成群,酷似那些无依无靠走西口的苦命人,相扶相携,漂泊于月光下的河中心,不知路在何方,命运在何方?

一缕风吹来,空旷的河对岸飘来了磁性的男声:

水流千里归在那海

人走千里转回来

河岸这边就有人对唱：

回水湾湾渡口船
远路哥哥往回转
……

听着这高亢的山曲儿，走在宽阔的隩滨大道上，人的心也仿佛被带走一般……在这中元节之夜，借一盏河灯，祭奠我口外的祖先们，让河水带上我的心愿，为至今仍在口外的亲人们送上祝福吧。

对于祖辈的走西口，我没有更多的了解，只是从河曲民歌、二人台中略窥一斑。

清朝咸丰年间，太原府的孙朋安有个女儿，名叫孙玉莲，她十六岁整，出落得水灵灵的，有一天突然茶饭不思，面黄肌瘦，一病不起。父亲给请来一名医生，名叫太春。两人眉目传情，情投意合，玉莲的病情很快好转，求得二老爹娘同意，咸丰五年（1855年）正月，二人结为连理。

其实玉莲得的是相思病。那天，玉莲上街与太春巧遇，一见钟情，两人定下巧计：玉莲装病，太春装扮成医生，让爹爹去请太春来看病。

当二月二的爆竹响过之后，一天，天刚蒙蒙亮，太春就起床了："去年遭年馑，寸草也不生，没打下一颗粮，活活饿死人。"太春得走亲戚，想个活命的办法。玉莲妹妹在家等得心焦，东瞅瞅，西瞭瞭，眼看半前晌都过了，就是不见太春的人影，只好拿起一纰麻，在家搓绳绳。

突然，有咚咚的敲门声："玉莲，玉莲，快来开门。"玉莲一听是太春的声音，喜出望外，急忙丢下手中的麻绳，双手开了门："太春哥哥,你回来了?"

心事重重的太春低头进了门,看着玉莲欲言又止,玉莲左猜右猜,就是猜不透太春的心思。

太春鼓足了勇气,跟玉莲说:"二姑舅捎来一封信,他说是西口外好收成,刨闹挣下钱,回来过光景。"玉莲一惊:"你要走口外?"太春认真地点点头。

"你是一定要走?"玉莲问。

"一定要走!"太春答。

"留也留不住了?"

"留不住了!"

玉莲泪汪汪的,默默地为太春打包好铺盖和衣裳,又带上了足足的干粮。

就要启程了,两人难舍难分,哥哥的脚挪不动,妹妹的手牵衣襟,妹妹泪涟涟地叫一声哥哥:"哥哥你真走呀?"哥哥头一扭:"好我的个妹妹呀!"玉莲怨嗔道:"正月你刚刚娶过俺,二月就要走口外。你要说你走西口,还不如不娶俺!"太春一时不知如何是好。玉莲抱起梳头匣子:"提起走西口,小妹妹也难留,怀抱上梳头匣,我给哥哥梳一梳头,玉莲有两句知心话,你要牢牢记在心里头……"只听得外面有人喊:"太春快走哇,撂不下你那毛眼眼呀?"太春慌慌地应一声"哎……来咧!"他起身深情地看着玉莲:"守住妹子倒也好,挣不下银钱过不了。"心一狠,挣脱玉莲的手,夺门而去……玉莲跟跄着抢三步退两步,瞭着太春的人影挡在了墙那头,她赶忙登上房顶:"瞭见五花城起了一层雾,瞭不见哥哥泪遮住。""提起担担你走呀,扔下妹妹怎活呀?""你走口外没有安住家,你叫我少食无燃怎介活?"

"少食无燃"让祖辈和太春们忍痛割爱,背井离乡。太春们走三

步退两步,泪蛋蛋就像白珍珠:

  走一步,挪一挪,扔不下妹子无奈何。
  走三步,退两步,牵魂线线把我心绞住。
  走三步,退两步,腿把把好比绳拴住。
  走三步,退两步,扔不下妹子再站住。
  走三步,退两步,没钱才把人难住。
  背起铺盖哭上走,泪蛋蛋滴得我抬不起头。
  ……

  太春们出了门,走上西口路,走脱一里半,拧回头来看,看见小妹妹,还在房上站。太春想起小妹妹,实实心不安。
  西口路上,何止是单纯的相思,有的是无奈、孤独、艰难、困顿、犹豫、希冀和迷茫,甚至是生与死的考验,他们走到哪里就唱到哪里。
  那时候,走西口主要靠的是两只脚。祖辈和太春们,从城关或上游的河湾、梁家碛渡过千难万险的黄河后,经内蒙古的马栅、陕西府谷县的古城,然后进入鄂尔多斯高原。茫茫草原,一望无际,几百里地不见人烟和一座房屋,到达包头后,稍做休整,再向各地进发,每天行程约60至80公里,这段路"快五天,慢六天"。进入库布其沙漠,沙海就像汹涌的大海,狂风卷起沙丘,向他们劈头盖脸地压过来,无处躲藏,他们只能听天由命,人就好像进入了鬼门关,他们只能瞅着零星的骆驼粪在沙包和蒿草中摸索着寻路。有时,流沙会把人活埋了,有的人一踏上西口路就给自己烧了"离门纸"……漫漫西口路上,有多少冤魂白骨遗留在异乡他处……
  晚上,太春们要歇息了。穷苦人出门住不起店,天黑人困,就地选一块平坦杂草又少的地方,将铺盖或皮袄一裹,头枕上自己的鞋子,就算有铺有盖了，这种住宿叫"打路盘"。"烂大皮袄顶铺盖，光景撇下跑口外"，草丛中常常有蛇蝎出没，人蛇同眠的现象时有发生。

掏草工的住室都是自己搭建的茅庵，往往是选择一块土质较好的小丘，开一个"马口"，上架扁担，再盖上草席，四周用土压住，地上铺些芨芨草或沙蒿，就算有家了。这种屋子，潮湿不说，晴天可见星星，雨天屋漏不止，淅淅沥沥，无处藏身。

夜深人静，西口外的太春哥哥们躺在茅草庵里，望着满天的星斗一闪一闪眨着眼睛，不由得想起玉莲妹妹："满天星星一颗明，哥心想的一个人。"妹妹在家乡的土炕上也是辗转反侧，夜不能寐，她好像感受到了哥哥的思念："十八颗星星十六颗明，那两颗不明是咱二人。"

当祖辈和太春他们离开家乡，到内蒙古大青山、后套或五原一代谋生时，他们的内心是凄惶的。当他们把仅有的干粮吃尽、盘缠用尽之后，在举目无亲的异乡，过着"东三天，西三天，无处安身；饥一顿，饱一顿，饮食不均"的生活。他们遥望家乡，思念亲人："大青山上卧白云，难活不过人想人。""三春期的黄风天天刮，你叫我无根沙蓬落在哪？"让人不由得想起《陇头歌辞》："陇头流水，流离山下，念吾一身，飘然旷野。""陇头流水，鸣声幽咽。遥望秦川，心肝断绝……"

走西口的太春们，在口外当牛做马，年关逼近，该回家了，却身无分文，行囊空空。有的只能讨吃要饭回"口里"，有的走到家门口，脚沉得却迈不进大门："大雁回家你不回，没钱逼得哥哥刮野鬼。"在家里的玉莲妹妹们等了一年，却瞭不回哥哥来，希望化为泡影："正月里走了腊月里回，你叫妹妹天长大日怎等你。""二八月天气常刮风，牵肠挂肚想亲人。""五月六月不歇晌，我给哥哥纳鞋帮。""十月的狐子冰滩上卧，想哥哥想得心难过……"

十冬腊月数九天,太春们在大青山打山柴、背炭累得腰酸腿痛。到大年三十,炮柱子一响,富人家的红灯笼映红人们醉意朦胧的脸庞时,太春们两手空空,一心一意想回口里,不估划半路上却遇上土匪。"传不死鬼土匪刁眼狼,抢了咱银钱还打棍棒"……太春们在经历了种种磨难之后,终于回到了故乡。

"水河上走了冰河上回,冬去春来眊妹妹。"太春们三步并作两步走,三天的路程两天到。一上坝梁往南看,远远瞭见口里的山,远远瞭见那个小村村,一路上盘问他们的家里人。"夜影影下看不清个人,想也不想是小亲亲。跑口外亲亲回了家,小妹妹心上开了花。"太春们终于回家了,与玉莲妹妹们团聚了。

我的祖先大约也是这样一步步走到西口的,却再也没有回家。他像一棵蒲公英,落在了内蒙古大草原上。他在那里安了家,开荒种地,生儿育女,在草原上扎下了深深的根,生生不息,繁衍昌永……如今,对于我的蒙古高原上的亲人们来说,他乡已是故乡,沐浴着改革开放的春风,他们的日子过得非常殷实。

明月与河灯辉映,我站在故乡思念着远方的故乡……

赏 析

这篇散文将一曲二人台《走西口》演绎得淋漓尽致。所以能淋漓尽致,因为写的是"河曲民歌中的祖辈们",因为作者乃祖籍河曲,背井离乡辗转腾挪已非河曲人的河曲走西口人后裔。有了辗转腾挪背井离乡之苦,其痛也切,其情也深,其文思方能不绝如缕。文章是感情的载体,无情之文,无论如何锦绣绮艳其表,皆不足称之为文。

所谓"零度写作"一度成为时尚。写作而不动感情,写作而不求意义,与驴鸣犬吠何异?"文章合为时而著,歌诗合为事而作",一时代有一时代之文学,"解构"的喧嚣已作烟云,坚持着良知与率真的写作者们终于使文学回归了本真。是以有《乡约如酒》,是以有《乡约如酒》中之《河曲民歌中的祖辈们》:"夜影影下看不清个人,想也不想是小亲亲。跑口外亲亲回了家,小妹妹心上开了花。"太春们终于回家了,与玉莲妹妹们团聚了。而我的祖先"他像一棵蒲公英,落在了内蒙古大草原上。他在那里安了家,开荒种地,生儿育女,在草原上扎下了深深的根,生生不息,繁衍昌永……"对于这些亲人们来说,他乡已是故乡。

"明月与河灯辉映,我站在故乡思念着远方的故乡……"

(彭图)

彭图,中国作家协会会员,一级作家。著有长篇小说《野狐峪》《白虹》,出版有小说集《彭图小说》《我是谁》《楚楚》、散文集《漩流》《拭尘集》、诗集《中国谣》等。

等待收成

今天是母亲的第六个忌日。六年了,每当我坐在电脑前想要向母亲倾诉的时候,便似触碰到一块难以治愈的伤疤,猛地一碰,渗出殷殷鲜红,满腔的难耐涌上心头,一股悲怆直冲鼻腔,辛酸的泪水便夺眶而出,像屋檐上的绵绵秋雨,淋个不停……一个字也写不下去了。因此,六年了,关于母亲,我一个字也没有写过。

前不久,当我打开QQ邮箱的时候,突然看到了在太原工作的外甥阎君的一篇文章——《姥姥》,使我潸然泪下,泪如泉涌……那是他在母亲去世后的第二天写的:

在我没有出生前姥爷走了。在我两岁时奶奶走了。在我十五岁时爷爷走了。现在我三十二了,姥姥走了。姥爷的离去给我的是渴望亲眼见见,奶奶的离去留给我的是炕头上的温暖,爷爷留给我的是半个等我回去吃的甜瓜,而姥姥留给我的却太多太多……

一个一生命运多舛却永在抗争的妇人,一个一生艰难却永远乐观的妇人,一个不识一文却懂得要用读书来改变命运这个道理的妇人,一个一生毫无抱怨却在默默付出的妇人,一个与人为善却从不求回报的妇人,一个伴随我度过童年、少年,教会我太多太多做人道理的人。

是啊,这就是母亲,令我思念不已、肝肠寸断的母亲。

2018年5月下旬,因为河北一位亲人的离世,我们兄妹三人驱车回到了母亲十二岁那年出发的地方。这是我们三人第三次回河北姥姥家,从忻州出发到太原,又从晋中的榆社跨上邢汾高速,穿过一个又一个隧道,便穿过了太行山,一路畅通,没觉得怎么难走。可是回想母亲来时路,千里迢迢,一个饿得头晕眼花的小女孩背井离乡,离开自己的亲娘,是怎么一步一步到山西一个穷乡僻壤的?她的命运怎样,她该怎么活?

一过太行山,一望无际的冀南大平原便展现在眼前,正是小麦开始泛黄的时节,放眼望去,无边无际的麦穗随风涌动,麦田泛着千重细浪,丰收在望。从鸡泽出口下高速三十多里,到了舅舅家——河北省邯郸市鸡泽县永光村。我一眼看到人群中酷似母亲的姨姨,不由得紧紧抱住她,犹如抱住母亲温暖的身躯。

第二天一早,我们便去村东为姥姥上坟。姥姥的坟地就在舅舅的麦地里,小小的一个土堆。这个我们曾经既熟悉又陌生的姥姥,因为母亲,几乎疯掉。虽然我们一生中没见过她几次,但蹲在她的坟前,我能体会到她内心的撕裂,体会到她对这块麦田刻骨铭心的爱与恨!看着长势喜人的麦穗,我也为姥姥高兴,她是多么渴望丰收呀!掐一穗,捧在手心,饱满的颗粒令人兴奋,却又十分的惆怅:冀南大平原这么大的"粮仓",怎么就容不下我的母亲?这么饱满的籽实,怎么就留不住我的母亲?

还是那个一九四二,刘震云曾经温习过的一九四二。

母亲于1931年农历九月二十四出生于河北省曲周县曲周镇西芦王庄村。西芦王庄村有上千年的历史,先祖是从山西移民到此落户为生的。因东村卢姓为大户,叫东芦王庄,而西芦王庄村在西边,因而叫西芦王家村,后更名为西芦王庄村。该村在新中国成立前是有名的穷村,它位于县城北部,虽然距县城仅两公里,但因地表水位含盐量较高,村子里的地完全成为盐碱地,收不了多少粮食,只能靠天吃饭。

姥爷和姥姥都是老实巴交的种地人，耕织为生，白天除草种地，夜晚纺线织布，日子虽不富裕，倒也勉强过得去。母亲还有一个小她五岁的妹妹，姥爷姥姥下地干活时，母亲常帮着间苗薅谷，或看家哄妹妹。

时逢 1942 年，这是一个极为特殊的年份，赤日炎炎，滴雨未下，春雨贵如油，整个北方都陷入旱灾当中，不仅河南全省，河北、山东大部分地区都出现了大旱，昔日绿意葱葱的沃土，变成了一张巨大而龟裂的蜘蛛网，张着大口想要吞噬一切。据《邯郸日报》记者李海荣在《邯郸大灾荒 1942—1944》中记载："1941 年冬天开始，太行区雨雪极少，直到 7 月中旬，部分地区才稍微落了点雨。庄稼颗粒无收。旱灾持续一年多，林北、安阳、磁武、涉县、偏城等大部地区，麦收仅三四成，秋苗虽然勉强种上，而玉米、谷子长得仅尺余高，有的始终没有长出穗来，平均收成不过二成左右。因连年苦旱，就连耐旱的果木树如柿子、核桃、黑枣、花椒等结果儿都甚少，平均收成只有一到二成。1942 年秋，平原上旱地麦子全部没能种上，这样一来就更使灾期延长。在邯郸大地，1943 年比 1942 年旱情更严重，全年基本绝收，树叶枯干，老百姓就连'早饭糠，中午汤，黑夜稀饭照月亮'的生活也难以维持。1943 年 6—7 月，邱县、曲周、广平、肥乡、魏县、磁县等各县旱灾未过，又爆发了罕见的蝗灾。"飞蝗落处，"唰唰——唰唰——"铺天盖地，一经飞过，田里的庄稼一片精光。"1943 年 7 月初，雨不降则已，降则不停，竟一连下了七天七夜，之后又连阴带下，持续了近半个月。只下得村村漫水，家家屋漏，到处是一片汪洋。太行山山洪爆发，呼啸而下，气温骤降，天阴冷潮湿，人们刚出火坑，又入水牢。"

《邯郸市志》载："1943 年，发生严重蝗灾，民不聊生，大批灾民逃荒要饭，饿死无数。"

《曲周县志》：1943 年，严重旱灾。1944 年，春，组织因灾荒出逃回乡的农民，从富户赎回土地。

没有粮食，人们只得从地里挖野菜、采野果，吃草根、剥树皮。连这些也没有了，有的就拿儿女换粮吃，有的妇女沿村找家，只图吃一顿饭。眼看着"老弱转手沟壑，壮者散而四方，父母妻离子散"。天灾无情，人祸更甚，日本侵略者、伪军汉奸竟不顾人们的死活，四处"扫荡"、烧杀。土匪地痞更是丧尽天良，串村入户抢劫，多数家庭无以为生，有的举家外逃，多数村庄已是人烟稀少，有些村庄已经变成了无人村（见《邯郸大灾荒 1942—1944》）。

小时候常听母亲给我唱："民国三十二年（1943 年）曲周遭荒旱"的歌谣……我会伴着母亲悠扬而感伤的曲调在她温暖的怀抱中进入甜美的梦想，而对于这首歌谣背后隐含的民族巨大苦难一无所知。

母亲就是在 1943 年的秋天流落到山西的。那一年，她十二岁。

那年，姥爷饿死了。姥姥拉扯着十二岁的母亲和七岁的姨姨，饿得面黄肌瘦，少气无力，整天去捡树叶、挖草根、捡花生皮、剥树皮。如今树叶草根都捋完挖完了，娘仨日后用什么来糊口呢？

那天，天刚蒙蒙亮，母亲就醒了，她虽然饿得饥肠辘辘，但幼小的心田里充满了渴盼和希冀，她要跟着她的六姨和三表哥去山西太原，去一个有饭吃的地方，开眼界，讨生活。

姥姥拉着母亲瘦弱的手，内心充满了无限的无奈与悲伤："孩子，去吧，跟着六姨和三哥去山西找条活路吧，等有收成了年景好了，再接你回来……"她喉咙里像扎了刺，再也说不下去了。背过身子撩起破旧的衣襟直抹眼泪……母亲一把抱住姥姥："娘，您别难过，我去那里找回吃的，给您和妹妹吃。"

第二天一大早，在村口，母亲含泪告别了伤心欲绝的姥姥，摸了摸妹妹瘦黄的脸庞，便跟着六姥姨和三表舅出发了。她一步一回头，心中似有无限的不舍和依恋，只盼着能早点回来和亲人团聚。没想到，这一去，竟使她与姥姥骨肉分离；这一去，改变了她一生的命运。

他们一路向南，向曲周县城进发。曲周街头，到处都是讨饭的乞丐，他们伸出来黧黑的手，青筋暴裂，一个个迈着踉跄步子，叫天天不应，呼地地不灵，随时会无声无息地饿毙街头。他们寻找一切可以吞咽的东西来吃，吃花生皮、榆树皮……人们的脸都是浮肿的，鼻孔与眼角发黑，手脚麻痛……

出曲周县城，一路向西南，他们终于走到了邯郸火车站。车站人山人海，到处是逃荒的人。每当一列火车驶来时，人们便不顾命地往上爬，人压人，脚踩脚，踩得妻离子散，呼儿喊娘声不绝于耳，车厢里、车顶上、车身上到处挤满了人、挂满了人，火车沉重地喘着粗气，迟迟无法启动……母亲紧紧地拉着六姥姨的手，一刻也不敢松开，生怕一松手就挤散了。好不容易挤上了车，总算松了口气。

这是京汉铁路北上的一列火车。他们蜷缩在过道的一个角落里，污浊的空气充满了车厢，人们黝黑的脸相互对视着，充满了惊恐与不安。过道里，不时有日本兵走过，用枪托推打着难民。

母亲躲在三表舅身后，吓得大气也不敢出。到石家庄后，火车重重地喘着粗气，终于停了下来。人们从车厢顶、车厢内跳下来，又拼命地涌向另一辆列车。

母亲紧拽着六姥姨的后衣襟在后面小跑着，只见车站到处是日本兵，他们端着明晃晃的刺刀横冲直撞，忙着搬运东西。日本侵略者占领了石家庄，从1938年11月开始，日本人将正太铁路由窄轨改成标准轨，另按标准轨距铺双重轨两条，形成四线式线路，使之东与京汉铁路，西与同蒲、京绥铁路衔接，形成一个统一的铁路网。1939年10月，正太铁路改称"石太干线"，经过几年的改建，石家庄车站成为铁路枢纽，也成为日本侵略者掠夺华北物资和调集军队的重要站口。

当夜幕降临时，母亲登上了石太线的列车，她扛不住疲劳和饥饿，一路打盹……第二天一早,太原站到了。

人们纷纷拿起自己的行李准备下车,母亲睁开惺忪的睡眼,揉揉酸困的双腿,摇晃着站了起来,在人流的推涌下下了车。衣衫褴褛的人们背着铺盖涌向站口,不时有大包小包打在母亲的头上身上,三表舅拼命拉着六姥姨往前闯,母亲被挤散了,她跟跄仆倒在地,就觉得山一样的重石压上身,被人一脚一脚踹着,浑身疼痛,什么也不知道了……好一阵才清醒过来……她趔趄着爬起来,一步一瘸走出站口……

他们终于来到了太原的"舅舅"家。舅母给端上一碗能照见人的小米稀饭和黄面"窝窝",他们三人一顿饱餐。看着他们三人狼吞虎咽的样子,舅舅和舅母不时蹙起眉头。他们有五个孩子,也是吃了上顿没下顿的呀。

第三天早饭过后,三表舅说要拉着母亲逛逛太原城,母亲很高兴地答应了。她跟着三表舅,不停地左看右看东看西看,只见太原街上车水马龙,熙来攘往,高兴得蹦蹦跳跳的。过了两道街,又上了一座桥,他们站在桥头看高高低低的房屋,看桥上桥下人来人往,尽管是大旱年景,桥下河道干涸,一片枯枝败叶,但母亲还是很满足,来太原让她大开眼界了。

突然,一个陌生的男人来到他们身后。他戴着一顶礼服呢帽子,帽檐压得低低的,一副尖嘴猴腮的样子。他对三表舅悄声说:"货呢?"三表舅看了一眼母亲,努努嘴说:"喏。"那个陌生人上下左右打量着母亲说:"这么个黄毛丫头?""可是黄花闺女呐……"三表舅操着一口浓重的河北口音说。那人一把拉远三表舅,两人嘀嘀咕咕了一阵后走开了。

三表舅来到母亲身边,蹲下身子跟母亲说:"妹子,咱们逃荒来到山西,活不下去咧,你跟着这个'舅舅'去吧,他家吃香的喝辣的,你去了会享福哩。"母亲一听这话,懵懂的心似乎明白了什么,"三哥,你不是把我卖了吧?"这两年,她在老家见到最多的事就是卖儿卖女。"不是的,是给你找个活路,也算尽到我当哥的心了。"

母亲的泪珠像断线的珠子掉了下来,她无助地号啕大哭,拼命挣扎,但还是胳膊扭不过大腿,被那个"舅舅"一把提留着拉上了自行车。

三表舅回到舅舅家后,六姥姨问他:"闺女哪里去了,你不是把她丢了吧?"

他说:"我给她找了个好人家。"六姥姨着急地问:"你把她卖了?"三表舅没有说话。六姥姨"啪"的一个耳光打了过去,三表舅哭丧着脸说:"要不然咱们怎么办?眼看这里也待不下去了,不得饿死?想回家连盘缠也没有了。为咱也减轻点负担,为她也找一条活路。"六姥姨叹口气,再无话可说了。

母亲和"舅舅"登上了北上的列车,直奔崞县(今原平市)。

出站后,"舅舅"在前边大步走,母亲在后面跟着,一路向西,她拼力地想跟上他,可小脚板却怎么也跟不上。连日来,从河北曲周来到太原,她的脚上已经起了血泡。这一走,满是泥坑砂石的路面硌得脚生疼,满脚的水泡烂了,钻心地疼。她强忍着泪水喊着前面的"舅舅"等等,可是那个人毫不理会她的央求,只顾自己往前赶。等他走累了,就在前面歇着,瞭见母亲赶上来了,又自顾自走了。母亲一路没个歇的空,就这样一瘸一拐地来到崞县,一个叫"赵家院"(现名朝霞峪村)的地方。那个"舅舅"放下她,一会儿就不见了。

这是一户普通的北方人家,只有父子两人,儿子是一个带兵打仗的"大哥哥",不在家,倒也自在。只是邻居们的眼光让母亲心里很不是滋味。母亲听不懂山西话,只听到一句:"这丫头是五十个大洋买来做童养媳的。"

母亲这才明白了，想起三表舅在桥头上的那番话，心里一阵阵抽搐。她"嘤嘤"地哭着，看着这些陌生人，但又能怎么样呢？

母亲就在这家人家安顿了下来。好在有个小伙伴翠翠和她做伴，年幼的她脸上算是有了一点笑容。就这样，她在孤独与寂寞中过了一年。

她常常在半夜哭醒，老家会是怎样的呢，母亲和妹妹怎样了呢？

姥姥带着姨姨改嫁了，她们来到鸡泽县双塔镇一个叫永光村的地方。这些，母亲一概不知。

1944年，那个大她二十五岁，带兵打仗的"大哥哥"和他父亲在同一年内得了伤寒，相继离世，母亲只好到叔公家做杂活。

而远在八百里之外的姥姥几乎疯了，她天天盼着老天睁眼，盼着地里的粮食有收成，她把自家的地几乎全部种了棉花，不停地去地里除草。她向六姥姨打问清楚母亲的去处，从此便再不认这个狠心的妹妹。到秋后，她起五更睡半夜，熬油点灯，昼夜不停地纺线织布，终于纺够了十四布。

这年冬天，虽然地里有收成了，但姥姥依然舍不得穿一身新衣服。她把旧衣服浆洗了，三十出头的她，梳着"饼饼头"，右鬓垂下一缕发丝，高挑的个子，看上去十分利落。她踏上了北上的列车，心中充满了期盼。

太行山挡不住姥姥的脚步，汾河水流不尽姥姥的苦楚，她越过大山大水，一路千辛万苦，省吃俭用，以自己的孱弱之躯，只身背挎着沉甸甸的布匹赶火车、坐驴车，从河北鸡泽县到山西崞县寻女。深一脚浅一脚的她走过一个又一个村庄，沿村卖布。随着一块块银圆进了贴身的布袋，她心中的期望值越来越高了："可怜的闺女，娘就要领你回家了……"她终于打听到了赵家院这个地方，等她卖布攒够了四十多块大洋，才在一个伸手不见五指的深夜来到赵家院的山沟沟里。

此时，山上不远处，突然听到了狼的嚎叫声……她的心一阵紧缩，脚不由得发软，好像让胶粘住一样，动弹不得，身上一点力气也没有了……但村里高高低低的门窗里透出的微弱灯光，又使她挣扎着站了起来，不顾一切地向赵家院村奔去……

她找到了母亲的住处。但她没能见到母亲，受叔公的掌控，母亲被人藏了起来。四十六个大洋，离五十个大洋，还差四个！一个外地女人，到哪里去找呢？

她哭求叔公放了母亲，等回了河北，给你寄来四个大洋。

不准，就是不准！少一个都不能！这些钱就算你闺女在这里的吃穿用度……姥姥绝望了。

她拖着疲惫的身子，一步一回头，一步一把眼泪离开了"赵家院"，她的心碎了。她也不知自己是怎么回到鸡泽的。回到河北的那三年，她神思恍惚，精神几近崩溃。

她只能等，等待来年的好收成，让她们母子团圆……但这一等，竟等了一辈子。

第二年的秋天，母亲又被叔公卖了。我的亲伯伯和媒人用小毛驴把母亲驮到了我们家。那年母亲十四岁，父亲二十五岁。

我的奶奶是一个十分开明的农村妇女（后任我村第一任妇联主任），待母亲像亲闺女一样。直到1949年，母亲十八岁时，母亲和父亲才圆了房，我们兄妹三人才相继出生。

记忆中，母亲对粮食视若珍宝，每一粒粮食在她眼里，就像是一粒粒黄金珍珠。每到队里收割完后，母亲总要带上哥哥姐姐去地里捡粮食，家里的谷囤里总有余粮。三年困难时期，竟也挺过去了。母亲一生从未离开过土地，直到七十五岁，仍种着她的两亩六分地。每年种地，每年有收成。

母亲是很不愿麻烦别人的一个人，连她的走都是那样的迅忽，没有"麻烦"子女们。她总想给予别人，从没想过要人回报。

如今，在她尚留余温的墓前，我点上一炷心香，哀哀一跪，放声大哭，哥哥和姐姐默默地擦着眼泪……我们有一个共同的心愿：愿人间不会再有饥荒，愿家家富足安康，愿风调雨顺、国泰民安！

 赏 析

这是一篇催人泪下的忆母文，读到十二岁的母亲与她的母亲、妹妹含泪离别；读到母亲被狠心的三舅仅仅为了活下去所卖，"她无助地号啕大哭"，特别是读到姥姥攒了钱，千辛万苦从河北辗转到山西找到女儿，却因被人卖女的五十个大洋尚少四个大洋而被拒绝领回女儿，当她一步一回头，一步一把眼泪离去的时候，不但作者下泪，就是读者又能有几个不下泪的？

读过前一篇《河曲民歌中的祖辈们》走西口辗转迁徙的父系家族苦难，再读完这一篇母系家族的苦难，我理解了作者对于乡土情结的执着："蹲在她的坟前，我能体会到她内心的撕裂，体会到她对这块麦田刻骨铭心的爱与恨！"原来乡土不但有她童年少年时"院子里的老槐，门前的一对石狮，抑或风雨飘摇几十年的老屋"的温馨和忧伤，还有着如此惨痛的家族记忆，而这些爱和恨，这些惨痛与温馨与忧伤牵系着她的灵魂。她"向往乡村……向往乡村的宁静、和谐，向往乡村的豁达、包容，和那淡定而恒久的人文情怀"。

引一句别人的诗曰："为什么我的眼里常含泪水？因为我对这土地爱得深沉……"

（彭图）

乡约如酒

第二辑

行旅情思

园子里静静的，
连吱呀的推门声都那么沉重，
这扇门仿佛七百年来就未曾推开过，
还没等我们挪脚，
树枝上的栖鸟就扑棱棱惊飞了……

情植野史亭

多年了，我有一个强烈的愿望，是在清明节这天能祭拜故乡先贤——金元文宗元遗山。

乙酉年清明节，我和文友专程去忻府区韩岩村元墓祭奠。

园子里静静的，连吱呀的推门声都那么沉重，这扇门仿佛七百年来就未曾推开过，还没等我们挪脚，树枝上的栖鸟就扑棱棱惊飞了……

这是诗人晚年著史之处。从蒙古人的铁蹄踏进忻州的那一刻起，先生就没有安宁过。他背井离乡二十年，饱受国破家亡之痛，饱尝颠沛流离之苦，在沦为楚囚晚年回到故乡后，仍不忘担负起编纂金史的重任。可如今的"野史亭"竟这样静谧……我们在徐继畲先生题匾的门前伫立，良久，终于没能迈进去，我们还是先拜先生吧。

鹅卵石小径清凉凉的，翠绿的松柏仍那么年轻，枝枝沁绿，没到先生身边，已经感觉到他的温润，闻到他的气息了，先生仍那么热情，充满活力。

没有太多的铺垫，不需太多的渲染，一进拱门就看到了先生。他衣裙飘飘，挽起的袖管还沾了些许泥土，好像刚锄完草，正等着远方来的客人。

他是一位诗人。三尺短碑上书有端庄工整的七个隶体"诗人元遗山之墓"，这是他的遗愿。尽管他曾三为县令，后升任尚书省掾、进京任左司都事，但他只愿做"诗人"——他的禀赋是诗人的。

八百年前，即泰和五年（1205年）诗人十六岁，风华少年，情窦初开，从太行山麓的陵川逶迤北上，赴试并州。路迢迢，水迢迢，一路山水迷茫……在路上，他碰到一个捕雁者正兀自叹息，他上前询问原委，那人不无感叹地说："今天逮着两只大雁，一只死了，那个脱网而逃的在空中盘旋悲鸣，久久不肯离去，最后竟然自己坠地而死。雁尚如此，何况人呢！"元好问年轻的心为之一震！情潮奔涌而来，似迢递不绝的汾水，一泻而下……"问人间、情是何物？直教生死相许！"他买下了两只亡雁，仰天怅望："君应有语，渺万里层云，千山暮景，双影为谁去？"遂挖土为坑，葬在汾水之畔，并系石作为标记，名曰"雁丘"。

这个小小的土丘便成了遗山情感的标识，那个时代的一个年轻人，竟敢如此大胆地将炽烈纯真的爱情流淌于生命的河流！人随水流，水随情流，以至成为千古绝唱！

有这样一个传说，在太行山腹地的山西陵川，十四岁的诗人与一个叫杏花的姑娘一见钟情。那年阳春，当他被那些枯燥的"子乎者也"弄得昏昏欲睡时，一股清香从窗外吹来，使他猛然清醒。朦胧中，一枝鲜丽烂漫的杏花灿然开放在书桌上，芳露晶莹欲滴，使他眼前为之一亮。窗外，一个稚纯的脸嫣然一笑，便像一团粉红色的雾飘去了，他深吸一口杏花的馨香，周身春风般清爽。

从此，每年的春日，他都会收到一枝沁芳的杏花，杏花洁白的瓣叶、纯净的花蕊驿动了一个少年的心；杏花清澈的眸子，稚纯的笑脸牵动了少年的情愫，他与杏花相恋、相思了……然而十九岁那年，诗人要随养父元格到陇城，不得不与杏花告别。临别时，他又一次来到杏园，想找到那个熟悉的身影，从东方的第一抹霞彩初现，等到日升中天，他在斑驳的树影下徘徊了整整一天，直到斜阳收回了最后一抹余晖，他仍没能看到杏花的身影……裹着暮色，他失魂落魄踉跄而归……从此诗人和杏花生死两茫茫,他再也没能见到杏花。

不幸的是,养父不久就病逝了,诗人扶柩回到故乡韩岩村。每当春风送爽万木复苏之时,他多想再收到一枝饱含深情的杏花呀,他一遍遍寻山踏水,寻访杏花的消息……在窗前,他深情地种下一棵杏树,从杏花绽蕾到盛花期,直至杏花谢了再谢,努出了毛茸茸的青杏,仍没有杏花的音讯……"牙牙娇语山樱破,稠闹成团稀作颗",于树下,他抚着嫩绿的树身,怅然若失,轻轻地折了一枝,回屋插入书桌上的古铜瓶子,日夜相伴,为此,他两月不举酒,半岁不作诗,直到古铜瓶子也无一枝的时候,仍对绿荫青子长相思……杏花出嫁了,从此,杏花成为他生命中的情结,他把自己炽烈的情感倾注于杏花,一生竟写了四十多首咏杏诗……

在一个乍暖还寒的二月末,在寻访放浪于山水间的父亲时,于忻州城南的系舟山前,他曾怀着怎样急切的心情等待杏花盛开。"待开竟不开,怕寒贪睡嗔人催。爱花被花恼不彻,一日绕树空千回",但诗人爱花、叹花、惜花、恋花之情却字字真切。他生活于金亡元兴之际,有那么多沉郁大和、清雄古雅的诗作,慷慨悲歌,追怀盛世,忧国忧民,但残破的现实仍没能湮没他的真性情,是杏花使他保存了诗人的一颗至纯至真的心……他天生就是一个诗人,尽管生活于仕宦世家,却没有沉湎于声色犬马,随波逐流。他对自己的定位非常准确。他七岁就能写诗,十四岁从学于陵川郝天挺,二十岁便作《箕山》《琴台》等诗,名震京师,但仕途多艰,南渡途中,饿殍遍地,民不聊生,残破的现实使年轻的元好问悲怆慷慨;移家登封,他和农民一起播种收割,一起赶豪猪、食榆荚,体味其中的甘苦。他三十二岁中进士,快四十岁才任县令,四十二岁进京做官,但仅一年多时间,仕途之梦就被蒙古人的铁蹄踏碎了。

1232年正月,蒙古军围攻汴京,这时,元好问任左司都事,过着

"围城十月鬼为邻"的日子。第二年春天,金守将崔立开城投降蒙古人,宫车把太后、中宫、嫔妃、宗室五百多人,载运北行,眼看着国破家亡,自己却问天无路,挽救无力,欲哭无泪,肝肠寸断!在"月黑风高夜,杀人放火天"的煎熬中,诗人夜不能寐,怀念离散的亲人,感叹非人的日子,他想进故宫看最后一眼,当看到故宫人去屋空狼藉不堪的景象时,他狂歌当哭,以狂笑、惨哭来抒发亡国的挖心之痛!在被押聊城的路上,他写了《癸巳五月三日北渡三首》:"道旁僵卧满累囚,过去旃车似水流,红粉哭随回鹘马,为谁一步一回头?"

国家不幸诗家幸,残破的现实造就了他,也成全了他。这期间,他写了大量的"丧乱诗",奠定了"金元文宗"的地位。金元间少了一个官宦,却出了一代宗工。他的诗、史、文、词、曲、小说无所不辉,无所不耀,流传千古。

从此元好问成了"楚囚",被蒙古军羁管山东聊城,后又移居冠氏(今山东冠县),直到1237年才踏上回家的路。这年秋天,当元好问路经河北大名县时,走到县境的一个河塘边,只觉得一股微风吹来,路途的热燥疲惫一扫而光。放眼望去,秋荷田连,碧波盈盈,把一身的尘乏涤荡得干干净净,通身清爽。河塘边,他听到了这样一个故事:有一对民家小儿女,因父母不允婚姻,便赴水殉情,后来有一个踏浪采荷的人在水中发现了他们的尸首。从此这个荷塘里的荷茎没有不是并蒂的。此时,诗人心中隐隐作痛,"问莲根、有丝多少,莲心知为谁苦?双花脉脉娇相向,只是旧家儿女!天已许,甚不教,白头生死鸳鸯浦?"他禁不住又想起汾水边的那对大雁,人间何为最贵?真情!这愈发添了他的思乡之苦,他归心似箭,快马加鞭,一路风烟……

"并州一别三千里,沧海横流二十年。"回到故乡,元好问多想见到乡亲友人啊,然而二十年的腥风血雨,连根草都不留,还会有谁活着呢？亲人们都死了，院子里只有没膝的蒿草、飘摇的老屋和伤痕累累的杏树迎接着归来的游子；屋顶的苫席在风中呜咽，像母亲散乱的白发，滴血的杏瘤诉说着这里发生的一切……他仰天长叹，母亲啊，你在哪里？乡亲啊，你们在哪里？！他彻底绝望了，一腔热血、一生心血都化为乌有，如今还落得个楚囚的下场……

　　日照西山，暮霭沉沉，"今是中原一布衣""衰年哪与世相关"，晚年的元好问虽然竭力想摆脱家破国亡之痛，做一介草民布衣，但他始终摆不脱对故乡、故国的深深眷念，两年后，饱经离乱之苦的元好问，携家带子举家返晋，终于落根于故土，在他的家乡忻府区韩岩村修建了"野史亭"，奔走于晋、魏、燕、赵、齐、鲁之间，采撷其间，每有所得，辄以寸纸细字记之，至百余万言，担当起编纂金史的重任。

　　当我和冯老师轻步踏进野史亭后，野史亭翼然欲飞，亭后的两棵杏树芽苞待开未开，似在启人心智，开掘真情。我仿佛看见，先生从亭上缓步走下，烂漫的杏花竞相开放，随风起舞，纷纷扬扬飘洒了满院，"青山簇簇树重重，人在春云浩荡中"，整个野史亭成了一个沁芳流馨的世界，浸人肌骨，净化着前来拜访的后辈晚生……

赏　析

　　《情植野史亭》的思想意脉是一个"情"字，它就如一根红线将作者对一代文宗元遗山的敬仰之情连缀起来。正因如此，文中的各个部分都被作者的主观感受统摄着。在追溯诗人的家国情怀时，看似零散的断片，实则被作者巧妙地转化为一种文笔特色，使得行文开合自然，从容洒脱。而这一切不仅使作品血肉丰满，充满活力，更增强了内容的可读性。

　　作品的精妙绝伦主要体现在动静结合上。野史亭的"园子里静静的",就连清凉凉的鹅卵石小径,年轻而翠绿的松柏等都是"静"的。但这些"静"是表象的,是为了引出"飘然而出的诗人","他衣裙飘飘,挽起的袖管还沾了些许泥土"。诗人虽已远去七百多年,但他的"温润""热情""活力"却四散在亭中,让人无时无刻不在感受着他的"气息"。作者的高明之处就在于将动隐藏在静中,情景交融,动静相宜。

  作品的语言极具特色,整体风格清新明丽,遣词造句凝练传神,情感饱满而有厚度。标题中一个"植"字,把作者对野史亭的情有力地凸显出来。这不是一般的情,而是扎根于内心世界的深切之情,是无以移转的仰慕之情,是历久弥新的怀念之情。正文之中作者将诗人的人生历程和创作背景借用史实、传说串珠似的连接起来,一个丰满、立体、有血有肉的形象就矗立在读者面前。作者的叙事如行云流水,有效地把文学和生活的距离拉近,让人感觉诗人的离愁别恨、离乱之苦仿佛就发生在昨日。在"沁芳流馨"的野史亭中,"先生从亭上缓步走下",而其身旁烂漫的杏花随风起舞。一个静谧的世界,让每一位步入野史亭的人,都能真真切切地体会到"青山簇簇树重重,人在春风浩荡中"的唯美,感受到"问人间、情是何物?直教生死相许!"的凄婉缠绵。而所有的这一切,都是在作者情真意切的抒情、叙事所营造的作品氛围里表现的。整篇作品行文一吟三叹,张弛有致,具有极强的感染力。

  在《情植野史亭》里,你是否也会对遗山先生的诗文产生由衷的赞誉,被其人格魅力所吸引呢?如果作品开启了你的情感之门,也能让你"情植野史亭",那么你对作品的解读就是透彻的。

(张莉)

我的牧场

我是为着求学去了滹沱河畔的那个农牧场的。说它是牧场,其实已名不副实了,责任制后,牧场场院改为了社办高中,有两个高中班,一百多个学生在那里学习。我原以为,只有那排用作教室的简易平房和土坯围起的半个院子能说明它的过去,可是当你的目光越过土围墙,看到东面那白练似的滹沱河和绿茵茵的草地时,就会明白自己错了。

在学校与河之间的绿草地便是牧场。与责任制前不同的是,种了水稻。上体育课时,老师常带着我们打蒲草。那是在秋季,排着队走在通往滹沱河的湿漉漉的小路上,越过一洼洼积水,两边是起伏摇曳的蒲草,秋风轻吻着面颊,感到无比惬意。到这时,男同学总是很不安分的,刚打几下,他们就悄悄约了几个人跳进河里抓鱼;而我们女同学呢,也大了胆儿,嘻嘻哈哈地在浅河滩挽起裤管围成"鱼网",不一会儿,那些活蹦乱跳的鱼虾便憋满了"鱼网",用手一掬掬捧起,盛在早已备好的饭盒里,回来火煎爆炒,这便是最丰盛的晚餐了。

然而,这并算不得什么,牧场最美的要数夏天了。

清晨,我和同学常常攀着弯曲的柳枝登上大堤,时而绘声朗读,时而极目远眺,初升的太阳,从河对面的山坳升起,河像天上飘落的白云,波光粼粼;薄雾轻轻笼罩着牧场,低头咀嚼的牧马则一身油光闪亮的鬃毛,它们忽而仰天长啸,忽而倒地打个滚儿,又一跃而起,纵横驰骋于绿色的草地……那时,我的心也如牧马般自由洒脱,我的顿悟、灵感常常在那时候地冒出脑海,所有的寒窗之苦都抛向九霄云外了……

　　大学毕业后，当我和同学相约再次兴冲冲地走向母校时，眼前的景象却令人吃惊：母校已荡然无存，牧场也早已不复存在了，唯有那道大堤还稳稳地蹲在那里，缄默不语。信步向东走去，那碧绿的草地早变成了大片大片的良田，一畦一畦的豆荚、豆苗蓬勃生长，河水静静地向南流去，几只水鸟鼓动翅膀，"啪啪"飞过水面，更添了水的幽静。太阳已下山，残留的几片晚霞给河水抹上了淡淡的胭脂，我的心中似有几分失落……如今十多年过去了，那片绿草地、那个牧场却永远难以从我心中抹去。人生步履匆匆、路途坎坷，无论黯淡还是亮丽，我心中的那片绿永驻，我的牧场永在。

　　滹沱河畔的农牧场一直留存在作者的心底，它就像一片肥沃的、滋养着心灵的土壤一般，让作者永生难忘。

　　作者笔下的牧场是那样的安恬，那样的富有灵性。无论是河水、草地、蒲草、柳枝、豆荚，还是鱼虾、牧马、飞鸟，全都是美好的象征。生活在牧场里的高中生是那么的鲜活、纯真，充满了少年时期无忧无虑的快乐，也充满了对未来生活无限的憧憬。这个牧场是记忆深处的牧场，作品的字里行间流露着作者对牧场的无限深情。

　　在作品中，作者用清新明丽、自然流畅的语言营造了一个有动有静、隽永广阔的意境：一群嬉戏在河里抓鱼的少男少女，一轮初升于大堤之上的太阳，还有牧场中鬃毛油光闪亮的牧马，一畦一畦的豆荚，掠过水面的飞鸟等，这一切构成了一幅多姿多彩的生活画面，揭示出生活中最本质的美，于平凡之中见美质，而这也是牧场铭刻于心的主要原因。

整篇作品以时间为经线,情感为纬线,纵横交错地叙写了牧场在作者心目中的地位。到最后牧场已不是单纯意义上的自然牧场,而是被作者心灵浸染过的情感牧场,是可以让心灵任意驰骋的牧场。不管人生路途如何,只要是走进过这个"牧场"的人,都会被它深深吸引,都会驻留其间同作者一起感受牧场迷人的魅力。

　　这是一篇短小精悍、耐人寻味的上乘之作,是值得我们每一个人走进的一片"净土"。

(张莉)

思想的印痕无处不在
——平遥漫思

当我们不惜生命的代价，从漫漫荒漠滔滔长河中寻觅到古文明的碎片后，当我们久久伫立在雅典巴特农神殿和狄奥尼索斯剧场、埃菲尔铁塔时，那是怎样的惊喜和惊叹？！然而就在离我们不远处，黄土高原的腹地，竟矗立着一座有着两千八百年历史的古城。你想，它不是一石一柱，而是一座完整的古城。它载着中国五千年的文明走到今天，其一砖一瓦无不留下汉民族思想文化的印记和多民族融合的精髓，让人一不留神滑进厚重的中国历史文化长河中，难以自拔。

一

说来奇怪，这座历史悠久的文明古城，本是作御敌之用的，但自尧起建制，就与中国传统文化结下不解之缘。这座由黄土奠基的古城所处的位置，在四千年前，曾是一代圣君帝尧的封地，尧即陶唐氏，因此称其为古陶之地。提到古陶，便令人想起与中国农耕文化相伴相生的陶文化，那么平遥便平添了几分文化色彩。古陶之名，历代沿用，至西周时，群雄并起，诸侯割据，公元前450年，周宣王派大将尹吉甫为将率兵北伐猃狁，驻兵于此，古城便在古陶之地矗起。而从北魏起构建的夯土筑城墙，虽在冷兵器时代发挥了像长城那样的作用，但自明代洪武年间改建而成的砖石城墙，就有着特别的寓意：城墙的七十二个马面窝铺、三千垛口象征孔子七十二贤人和三千门徒，让我们的目光从一开始便触着了中国传统思想文化的领袖、儒家学派的开山鼻祖——孔子。

《朱子语类》这样评价孔子，"天不生仲尼，万古长如夜"，"一灯能除千年暗，一智能灭万年黑"，这足以说明孔子对中国文化的启蒙作用。孔子"仁"为核心、"礼"为秩序的学术经由孟子、荀子继承发展创立了儒学，经历了先秦儒学、两汉经学、宋明理学、现代新儒学，并为统治阶级利用，逐渐成为中国古代思想文化的主旋律，而渗透人们灵魂深处。因而平遥古城墙筑则筑矣，但它的马面垛口表明它尚礼不尚武，主张"以德服人，以德治人"。德治优于刑治的观念，使野性十足的北狄、西戎等少数民族远远就见着了圣人，驻马停蹄，聆听教诲。可见它防范的是人心而非马蹄。

登临古城楼，只觉清风扑面，古香袭人。城外，青山隐隐，田陌如织，不觉想起古人咏平遥的诗句来，"水绕山环古楼驿，蜂须蝶翅麦花秋；人行芳草碧如水，日出杏花红满楼"。俯观城内，大街小巷方正规整，四通八达，明清建筑鳞次栉比。"条条青槐树，相去八九坊"，想昔日街上丽人，臂挽了竹篮，脚着了"兰兰鞋"，丝裙飘逸，款款而行，该是何等景致！再看古城，却十分讲求方正端庄、泾渭分明、中轴对称，完全是以"礼"为本，依据儒家文化的"礼"序标准建制的。它以"色"与"数"为基准，体现"人、建筑、社会"的和谐。城方三里，强调"五方四象、突出中心、强化中轴、面南为尊"及"左文右武""左观右寺"。"礼"就像平遥人心目中的城墙一样成为人们的心灵依托，并融化于唇齿相依的建筑和密不可分的习俗中，成为古城人道德的骨骼，并一脉相承，代代相传。它虽在一定程度上压抑了人的个性，但由于其积极的入世态度，即匡时济世的责任感，修身齐家治国平天下的志向，和社会和谐稳定的追求，形成了人与社会相处的十分可行的理论依据，表达了古城人安居乐业、丰衣足食的基本愿望。否则既无关山之隘、又无锁钥之扼的平遥虽有城墙阻挡外患，却绝难杜绝内忧，邑将不邑，城将不城，怎得安宁？

很少有一种哲学对人统治人、人规范人有如此详尽的描述，也很少有一种哲学对统治者有如此周到的服务和实用价值。在经纬交织、密不透风的"礼"网中，自然不乏灵魂的挣扎者、反叛者，于是就有了回归自然、飘逸洒脱的道家，有了遁入空门、一生念慈的佛家。他们的道场，是以"观"和"寺"的形式存在的，使古城平添了神秘的文化氛围和色彩，同时充分显示了它的包容性。那些"道"和"佛"的追随者虽是极少数的人群，却直接影响着周围大多数人的生活，以"修身养性"来补充儒学的不足。而儒家思想始终是汉民族文化长河中的一条"中轴线"和"主线"，并由此衍生出许多化身，如"四圣十哲""七十二贤"及关公等形象。

在这样的社会中，人们解决了人与人、人与神、人与佛、人与天的各种复杂关系，古城人以儒家文化浇铸的围墙作标志，解决敌与我的关系；以儒家的"礼"序为经纬，梳理人与人之间的关系；以礼敬跪拜的姿态，处理人与神、人与佛的关系；以"天圆地方"的民居建筑形式，解决了人与天的关系。使繁杂的人流各得其所、各得其乐，安居乐业，"甘其食，美其服，乐其业，安其居"，形成一幅乐融融的社会生活风情画卷。

安居才能乐业，这座以民居为主体的古城，以灰色为主色，形成与皇家官府黄色相别的民居建筑群。它们由周代的"里坊"制度和"闾里"形制演化而来的"轨巷"串联，连缀于古城的四大街、八小街、七十二蚰蜒巷，再被古城墙圈围于《周易》的八卦图案中，呈现出龟背甲纹图案。它们带着黄土高原"穴居"时代的特征，把窑洞作为主要建筑，以满足"天圆地方"的精神需求和冬暖夏凉的实用需要。它们大都以"三"为基本单位（因古人建筑，"自天子至于庶人各有等差"，平民多以正房三开间为准，违者会招来杀身之祸），以奇数为序列，以偶数布局，按中轴线对称。从宅门由厢房到正堂，由低向高，凸显主人地位，而在正房和大门口辨正方位，加盖风水楼、风水影壁、影墙，是为纳瑞避邪、聚财、聚风水而设的。阴阳家将中国民居点缀得鳞次栉比、错落有致、蔚为壮观，但其屋顶的取势及"负阴抱阳"的虚体天井，则表现了阴阳交媾、虚实结合的美学追求。台基与屋脊相齐构成的"天方"、四周向内反曲屋面象征的"天圆"，最形象地表达了"天人合一"的思想，仍是古城人精神构件的主体。这里礼序与艺术共存、含蓄与规则并在，儒家文化为之奠基，阴阳杂家为之绚烂，儒、墨、道、法、纵横、农、杂等九流十派渗透到这四合院中，令人流连忘返，回味无穷。

二

然而古城一开始并不是为文化而存在的，它的延续和发展也有其现实需求，正如前面所说的安居乐业，它以手工业和商业的繁荣，来满足农耕生产和日常生活需求。漫步古城南大街，我立刻被它浓浓的古朴和散发出的历久弥香的古风所裹挟。这里故巷幽幽，古道历历，老式店铺林立，建筑犬牙交错，各色招牌招展，叫卖声此起彼伏，构成一幅融乐的市井图，充满了富足安康的人文情怀。我们于古城小巷一隅觅得雅座，以香风四溢的牛肉佐酒，品味醇厚的"长升源"黄酒，据说这是慈禧途经平遥时的美味佳肴。几圈下来，连我这个平时不沾酒的人也飘飘然起来。隔壁隐约传来歌声，细听，诙谐幽默，大概是祁太秧歌吧。秧歌漂流在古城街巷，把游人都逗乐了，这大概是游人最兴奋的时候。他们驻了足，如醉如痴，这时的古城，就是一坛醇厚的陈年老酒!

中国古城的产生源于私有财产的出现。由于社会分工的不同,导致社会分化,有了私有财产,产生了阶级,有钱人为保护私有财产而建造了城市,譬如平遥古城、丽江古城;建造城堡,譬如平遥的城中之城(壁景堡、永庆堡)、王家大院的红门堡等。他们同时建造宫殿、政府机构和军队等国家机构。由古城而古国、方国而国家。而在古城建立之后,由于社会分工的需求,手工业成了城市的主业。它首先从农业中剥离出来,生产制造生产生活工具,以满足农业和日常生活所需,之后才有商业的繁荣,才有隋都大兴城、唐都长安城、闻名世界的元大都和享誉国际的北京城。因而更确切地说,手工业是城市延续和发展的根脉所在。

于是,在这些原为防御之用的城墙、城堡内,便聚集了密集的手工业者。他们一开始从事青铜、冶铸、制陶、玉石雕刻及酒器、兵器的制作。在生产工具的同时,他们无意间也生产了文化。他们发现了美,于是便更热衷于创造。《周礼》问世后,出现了更多的青铜礼器和食器,构成那个时期灿烂的文化。到春秋战国时期,铁器在农业中广泛应用,手工业就像铁犁助牛耕地一样,使农业文明插上翅膀,使社会分工越来越细。春秋时期,不少古城便出现了煮盐业、纺织业和漆器制造业,平遥早在商周时期就有了推光漆器。唐时,"稻米流水粟米白,公私仓廪俱丰实",人们养蚕、栽桑、纺棉、织布、种茶、冶铁、制瓷、采药……百业俱兴。城内,在有水井的地方,人们用陶罐盛了米面、家什和手工活儿,以物易物,互相交换。当陶罐变成了水罐,清洌的井水被颤悠悠吊起时,欢语喧笑便像这金色的水般流响,然后消失在大街小巷的每一个宅门里。那时,有水井之处便常有市场,古城南大街自古就有"一日三市"之说,这时的商业开始兴起并兴盛,不难想象,明清时期,古城的两百多家柴米油盐酱醋茶、皮毛衣药酒杂店及钱庄绸布行是如何的繁华了，品种是如何的丰富了。这一点，明代的宋应星给予高度评价：天工开物！

三

当我在古城寻得"市井"时，感觉它是那样的与众不同。据说每当斜晖投映之时，井水即金灿光亮，恍若金水，故名"金井"。可惜如今已被埋没，代之而起的是一座华丽的市楼，因而此地名曰"金井市楼"。市楼跨南大街而立，挺秀疏朗，雄踞全城制高点，远远高出衙署建筑，傲视县衙。它与民居连接，使古城起伏跌宕。屋顶琉璃文采飞扬，"喜""寿"二字醒目地表达了百姓的意愿，比起冷幽幽的衙署来，具有更强的亲和力。如果说县衙代表了封建礼制至尊的话，那么市楼则更好地表达了人文与民本。而其雄踞全城制高点，足以说明商业在平遥人心目中的地位。

我曾十分惊诧，一向重农轻商的国人怎么会对商业文明如此青睐，以至于平遥在清朝中叶有了票号的辉煌而成海内首富。近两千年间，是北方草原民族大迁徙、大融合的动乱时期。迁徙融合的结果是：鲜卑人建立了北朝（北魏），契丹人建立了辽国，蒙古人建立了元朝，满族人建立了清朝。自秦以来构筑的长城，没有挡住异族的铁蹄，却招来异族的仇恨，使百姓频遭涂炭。仅金兵入侵，平遥城就被屠戮五千生灵！然而，这些逐水草而居的草原人在铁蹄踏平中原之际，亦给汉文化注入一股清新的风。他们与汉人长期杂居，互通婚姻，使草原文化与农耕文化得以交融。

古城人通过认识北狄、西戎接触了草原，他们由恐惧、厌恶、憎恨转而开始接纳草原文化。到明代中期，由手工业发展而来的"机户出资，机工出力"的资本主义萌芽产生，加之李贽、王夫之、顾炎武、黄宗羲等反对君主专制，尤其是黄宗羲革除"重农重工轻商"的观念，提出"工商皆本，天下安富"的主张，为中国从小农经济向商品经济过渡助了一臂之力。这是千载难逢的机遇，古城人不失时机地打开城门，变被动防御为主动出击，走西口、闯内蒙古，他们略比赤手空拳的河曲保德人幸运些，他们掌心里攥了铜子儿，以自己过人的精明，底气十足地走上溯风凛冽的西口路，驮着茶、盐、瓷、布匹、丝绸——走向草原，却从雁门古道驮回一峰峰金山银山，古道那深凹的车辙是他们日进斗金的见证！他们输出的是精明，驮回的是两百年的辉煌，和中国最繁荣的商业金融中心。中华民族从此找到了战争以外与外族交融的另一种方式。

那时的晋商呼风唤雨，汇通天下。财源滚滚而来，从洞开的城门流入大街小巷，流进聚宝盆似的四合院。不看别的，只要瞧一瞧他们门前的拴马桩，便知此巷昔日的繁华与显赫了。达官贵人来此纷纷下马，顶礼膜拜，各路商贾云集，门庭若市……不，还不止这些，每到年节，县太爷还要屈尊亲自登门拜年呢。中国由来已久的"官本位"思想从那时开始动摇了根基，那时的雷履泰、毛翔翔、侯殿元，给个县太爷当还瞧不上呢。但儒家文化却根深蒂固，我们再来看看这座市楼。

四

市楼再建于清康熙二十七年（1688年），楼顶北立关公像，南立观音大师像。关公是儒家文化的精髓——忠勇节义的化身，尤其是他的重义，深受世人敬仰。将关公立于至尊之位，足见儒家文化在古城人心目中的地位，他们是以信义名节为最高标准的。因而平遥的大多数"字号"以这种商德为主要内容，不少字号以义、信、益、诚、祥、协、昌甚至"十大德""十大玉"为门匾,表明了字号的经营宗旨和主人的价值取向,以字匾企望生意兴隆,又宣传崇奉儒家伦理道德,大意都在于此。

"日升昌"票号有这样一则防假密押:"堪笑世情薄,天道最公平,昧心图自立,阴谋害他人。善恶总有报,到头必分明。"密押是票号内部领取汇票时的防假手段,规定职员每日领取汇票时以一个字为暗号,让职工牢记在心,以假为耻,以信为本,才使"日升昌"像旭日初升,蒸蒸日上。可见,当儒学转化为商德时,便使他们在商战中立于不败之地。

这里还流传着"乾盛亨"破产还债的故事。1900年,因义和团起义,平遥"乾盛亨"票号在京津两地的店铺、当铺、分号大部分被烧劫,存款者纷纷上门提现兑银,富甲天下的冀以和家遂成了破落户,冀以和忧郁而死。其子冀维清少不更事,托得贾汝让分头拜见本地债主,历时三年,将冀家所藏金银珠宝、玉器古玩、绫罗绸缎、名贵裘皮、几十大箱云南上好烟土及全国各地字号、房产财产拍卖一空,所还外债总值白银一百五十万两,保住了冀家的名节。因而晋商纵横天下的原因,并不在财雄势大,而是以诚取信,以义服天下。"晋商以诚信笃实、义孚天下的商人形象纵横商界五百年;徽商则以戒欺为训,贾法廉平,称雄南北"(葛慧贤《中国近世商人伦理及其现代价值》),这是中国传统文化融汇而成的商人伦理道德精神。因而明清时代,不仅商业经济空前繁荣,商业文化亦最具号召力。

五

当资本开始积累的时候,那些一夜之间成为暴发户的富商们,并不是文化的富有者,他们腰缠万贯、财大气粗之时,往往会忽视文化的功用。平遥城内规模最大、制式最高、礼祀最隆的文庙——大成殿曾一度遭人冷落。这些富商对于那些手无缚鸡之力、礼让谦恭的穷儒往往以"穷酸"二字概之，眼里的歧视是遮掩不住的，而将他们潜意识里对文化的敬仰交给了子孙后辈。这时的文化人便寄居于富豪门第，文化也成了门第的装点，而偏安一隅。尽管这样，在那些富丽堂皇的宅第中，仍给文化留有一席之地，它们是那样的简朴平实，但又是那样的与众不同。虽然这些被叫作"私塾"或"书院"的建筑有受挤压之感，但围墙内节节高升的台阶使这些"三更灯火五更鸡"、苦打实熬企盼金榜题名的学子十分仰望，因为儒学为他们铺就了一条"学而优则仕"的坦途。曾以经商闻名天下的祁县乔家大院十分重视教育，从乔致庸起，便对子弟要求十分严格，择子弟中优者去太谷、天津南开中学等地深造，大学毕业后再留学美国。"在中堂"对老师十分尊重，这些先生都是有名的饱学之士，因而待遇十分优厚，每位教师有两名书童伺候，每顿饭有一位主人陪同，逢年过节还要设专宴招待，平日教师回家都有车轿接送，主人们一字儿排开恭送上车后才肯返回。

当大成殿遭人冷落之时，孔子的灵魂飘荡在乡野田陌间。在平遥县一个不足三百人的偏僻小村金庄，我们竟找到一座文庙。庙中所供是一尊元代孔圣像，当我抚摸着沧桑的柏木时，似触着了夫子温暖的身躯。我仿佛听到庙中热烈的讨论声，那是村中十多位进士在与"四圣十哲"对话呢，"四圣十哲"眉清目秀，面色白皙，与这些学子一样的意气风发。他们倡文学于一方，聚名流于此地，名动一时。而正中夫子面色黧黑，额头高挺，衣纹古拙，正慈祥地望着他们。

六

当我们惊叹于晋商的辉煌、古城灿烂的文化时，禁不住深思：在世界上不少的文明湮没、毁灭之后,古城缘何竟像它的别名"龟城"一样,如此长寿?这同样得益于平遥人的文化底蕴。在很长一段时间里,看过绚烂至极的平遥人,对于一代富商败落的过程看得一清二楚。他们把这枚苦果放在嘴里嚼了几十年,其间的酸苦渗透到他们骨髓里,又传承了下来。他们心底透着亮,一旦有人毁损祖先亲手缔造的灿烂文化时,他们宁愿自家不见天日,也要用泥土抹住精雕的窗棂,用砖石砌护玲珑的石雕,用麻纸遮住绚丽的艺术,用报纸糊存多彩的画梁……把画屏藏于柜底,把古玩藏于暗窖,把字画嵌在壁缝,把文化沉淀于心底……他们把世事看得透透的,从不分辩什么,只是言传身教于后代。他们知道,这些东西终有一天会重见天日的。

有了古城墙,古城便吐故纳新、吞吐自如。每当盛世,清风和露,政通人和,古城便城门洞开,迎接外面的精彩与清爽,迎接纷至沓来的财富;每当世事动荡不安时,古城便紧锁了城门,并备好铡刀、投石车,启动六座瓮城,防御各种各样的侵袭和战争!

古城真的是一座龟城,青春不老,金汤永固!

赏 析

这是一篇真正意义上的文化散文,厚重的历史和细腻的情感交融在一起,让人在历史长河中惊叹人类文明的印痕,在往昔与今朝的对话里感受优秀文化的力量。

能够把一座古城写得温度感十足,这是本篇最吸引人的地方。作品构思精巧,布局合理,标题中的"印痕""漫"是题眼,诱发了读者探究和阅读的欲望。作品分为六个各自独立但又衔接紧密的部分,分别从古城蕴含的文化、古城延续和发展的根源、古城商业的发展、古城商业文化的感召力、古城商贾对待文化的态度以及古城的被保护进行描述，历史的叙述翔实而生动，情感的渗入真挚而浓烈。

  从表达的角度看，灵性的、跳动着作者思维的语言让作品充满了生命的张力。开篇采用广角取景的方式，从古文明遗迹雅典巴特农神殿、狄奥尼索斯剧场和埃菲尔铁塔写起，然后聚焦到平遥古城，由衷地发出"让人一不留神滑进厚重的中国历史文化长河中，难以自拔"的感慨。这种浓郁的抒情一下子就把读者的心紧紧抓住，使人不能自已地跟着作者一路"漫游"下去。平遥古城的历史和文化在作者的笔端都是鲜活的，古城仿佛回归到了当年的繁华，林立的店铺、身着民族服装的草原人、腰缠万贯的富商，就像是电影画面一样呈现在人们面前。最后，作者面对古城唱出了"古城真的是一座龟城，青春不老，金汤永固"的赞歌。

（张莉）

野性的魅力
——感受张家界

"呼儿哟,呼儿哟噢,天下风光噢……数张家界噢,雄峰秀出噢,数千峰噢……"

张家界在湘西的武陵源,湘西是千百年来中国读书人向往的圣境,那里有过文采绚烂的屈原,有寤寐以求的桃花源,有探寻精神家园的先驱者陶渊明,也有过像沈从文这样兰心蕙质者的神思……烟云氤氲的湘西造就了一个个独立人格和文学之父,其汩汩长流的诗海爱河让中国文学永沐甘霖,也启迪了后来者智慧的灵光,也许不少中国文人的文学情结即是从童年喷香的粽子、从龙舟赛的吆喝声中、从"采菊东篱下,悠然见南山"的诗句中开始的……

我的湘西情结始发于十八年前,由沈从文笔下原始、秀美、自然、静谧的情境唤起。那些古老的习俗、古朴的人性、精彩奇妙的神话传说,那土家男女美妙动听的歌声及头缠纱巾的苗巫热烈如醉的跳神表演,那些在激流中笑骂不绝的舵手、水手,吊脚楼上倚窗含羞的土家妹,那悠扬的橹歌曾拨动过多少人的情思!"我坐在船舱中,只听到水面人语声,以及橹桨搅水声,与橹桨本身被推动时咿咿呀呀声,这真是圣境!"(沈从文《鸭窠围清晨》),因斯,自己还青春年少的心便不知不觉被牵走了,飘飘然进入"圣境",并无所顾忌地袒露自己天性的真实与真诚,甚至连大学毕业论文也敢放谈沈从文作品的悲剧美。

十八年后的今天,当我亲眼触摸湘西、感受湘西的时候,我的眼睛几乎被她灼痛了,她肯定与沈从文笔下有二,却仍是一幅酣畅淋漓的国画原本!对于国画艺术的情意法趣,我知之甚少,因而,踟蹰间竟迟迟不敢下笔,当年那股"点沈"的虎气早抛到南极去了。

这是在四月,北方仍赤裸着干黄的肌肤,任沙尘暴肆虐,这里却风尘尘不动,一片葱绿。浸泡于浓墨染就的翠色中,湿漉漉的潮一阵阵袭来,薄雾掠过翠色迎人的小山,湾湾水田依偎于乳山的怀抱,山前大片大片的油菜花随风摇曳,草背篓则随波起伏隐没其间,不远处更有沧桑小屋撒落,绰约的吊脚楼错落,那么必有袅袅炊烟从屋顶飘起,而屋前冠赤如火的鸡及哞哞而叫的水牛更添了田野的恬静……那一脉广川可是沅江?宽阔的水面上,一只精巧的小划子轻轻荡着,悠悠地拨人心弦,船头立着的衣裙飘飘者可是屈子,他要去桃源吗?再看一闪而过的小山,绝无他山绵延横亘钩心斗角相攀相折之态,个个独立成章,自成一体,青黄杂糅,华彩灿烂,随着列车的晃动,谱成一曲美妙的乐曲,这可是张家界的序曲吗?

从张家界市,我们坐一辆奔突如马的面包车直奔景区。颠簸于紧临深壑的公路,我的心几乎提到了脑门上,一路呼喊慢!慢!土家小伙回头一笑:"没事的,闭上眼也能摸上去。""我们土家人敢在绝壁采药,这个算得了什么?"依然奔突如马……"我们要跳车了!""那我把你们背上去。"他俏皮地眨眨眼,给你一个放心的笑。云雾隐没的对面山腰飘来山歌:"一杯茶儿引妹来,把妹引到八仙方……"车上的土家姐便接起:"哥是钥匙妹是锁,一把钥匙开一把锁。"这诙谐幽默的山歌渐渐平复了我提着的心,身临"仙境"时,五脏六腑自然各就各位了。

诱人的土家腊味使我们蓄足了劲,我们踩一路幽香入金鞭溪。这是张家界国家森林公园,它与天子山、索溪峪两大自然保护区共同形成武陵源。路边芳草鲜美,秀雅可人,绿叶素荣,茂密蓬腾,清凉的湿意浸人,顿感神清气爽,筋舒骨展。仰面望去,塔影般的山兀地突起,巍峨挺拔,直刺苍穹!置身谷底,一种雄性的厚重、浑朴、睿智及与世决绝的气度扑面而来。山有多高,树就有多高,不修边幅的古木古藤野长于峰腰峰巅,随意粗犷,全无黄山松柏曲美之态!山如其树,树如其人,这树不正是敢在绝壁采药的土家人的化身吗?

此时,一声甜美的山歌把我从草丛拽出,歌声像风,时时唤醒鲜活,土家女嫩绿嫣红,风致楚楚动人,伴随着《汲水歌》,她们手中竹筒一晃一悠,清凌凌的溪水几乎要从筒中流出,也将人的心泉淙淙流响……我由不得想记下这歌,赶忙转身对着歌牌笔走龙蛇,忽觉耳根毛茸茸的痒人,一股山花馨香袭人,转头一看,一张清溪般水灵的脸蛋正贴了我的脸,两只清澈的眸子好奇地看我写字呢!这纤尘不染的土家妹可亲可爱,真如鲜花和空气般可人。

径溪并行,流水潺湲,忽现一潭斑斓碧水,只见潭底呈红色砂岩,水呈墨绿色,恰逢阳光强射,赤橙黄绿青蓝紫,煞是好看!据说水边的草可用来造纸,故取名"纸草潭",后人因其色彩迷人,改名"紫草潭"。跃上潭上石板桥,只见一行刀刻字:"天降十位神灵,各持金鞭一根,只唱一声哟嗬,紫草潭上桥横!"阴柔与阳刚在此结合得竟如此巧妙,山与水,人与自然只因一座石桥便水乳交融了,更胜却人间无数妙思!

漫步过桥,十丈巨石斜立,极像巨屏,欲倒未倒,欲立未立,感觉一根纤指即可碰倒,可它却一角支撑,千年不倒。

山势渐趋陡直,一座座峻峭的石英砂岩峰林潮汐般涌来,如剑如鞭如塔如屏如壁如柱;似人似鸟似兽似烛似炉似笔,浩瀚如大海。步步登高,回望堆棉积絮的云海深处,"桅杆挺立",游人劈波斩浪在海面起伏,而夕照下的奇峰,则如沙漠中的驼峰,使人平添幽旷怀古之情。那不是鲁迅吗？他仍一袭锱衣，目光锐利，若在今天，他会思考什么呢？还有诸葛孔明，他还会把社稷千秋交与乐不思蜀的阿斗吗？而两峰含情脉脉相视对峙处，正是"千里相会"，惟妙惟肖，直教人叹惋不止。社会制度的改变如若早上几十年，湘西这块古老的土地就不会上演那么多人生悲剧了，人们既不会看到热恋中的军人与苗女双双被巫师扎死在树上的惊心姿态，也不会看到"偷汉子"的少妇颈坠石磨被沉潭的悲剧了，还有劈山救母等一串串动人的故事叫人魂牵神伤……人间百般风姿，此地万种情态，更有一根独树一帜的"定海神针"隐现于云雾之中，使这三千奇峰，剽悍中杂生妩媚，浑朴中伴有狂狷，威猛中挟带秀美，独自成林又相依相存，剑拔弩张又稳如泰山，充满活力又底蕴深厚！他们是拔地而起的一个个独立人格，捅破砂岩厚土，挣脱束缚与压制，充分张扬个性，展示原始人性的真善美，充满了野性的魅力！

在杨家界，我们终于发现了"屈子行吟"一景，看来沅江上的衣裙飘飘者正是屈子。不过，他没去桃花源，而在此找到归宿。看他，头顶玉兰冠，手持诗稿，身披薜荔，正深情吟诵："嗟尔幼志，有以异兮。独立不迁，岂不可喜兮？深固难徙，廓其无求兮。苏世独立，横而不流兮。"真正的中国知识分子从他诞生起就形成独立不迁、横而不流的独立人格，正如这三千奇峰：他们宠辱不惊，矢志不渝，"富贵不能淫，贫贱不能移，威武不能屈"；他们"少无适俗韵，性本爱丘山"遗世独立，亲近自然；他们"高歌大笑出关去""安能摧眉折腰事权贵，使我不得开心颜"；他们把杂文当匕首、投枪直刺反动政府的心脏……正因如此，他们才秀出诸峰，卓尔不群，虽满脸沧桑，遍体鳞伤，却保存了铮铮风骨！常叹历代英才早逝，怎想在此仙聚。吞云吐雾的武陵源，缔造了别一处自然乐园，心灵故园。

张家界，因湘西的厚土而有了独立人格；湘西，因张家界而成为人们的精神家园！

　　晨光中，酣甜的一觉醒来，疲累一扫而光，深吸一口鲜嫩的空气，极爽。天公作美，昨日云飘雾幻，忽阴忽晴，如入仙境，今日却一片亮丽，张家界袒露了至诚，揽我入怀，让我更真切地贴近它，感受它。听说猕猴是山中之王，但愿我们有缘能见到它。

　　脚下是杨家界，属武陵山脉，与张家界、天子山一脉相连，情同手足，是张家界的姊妹山，沿空中走廊上凌空欲飞的猿愁攀，望断五重天，杨家界尽收眼底，山外田间男耕女挑，鸡鸣之声相闻，欢声笑语，其乐融融，俨然世外桃源；山内空谷来风，只听松涛阵阵滚过，擂鼓般扣人心弦，怪声掠过山崖，惊得鹰飞鸡跳，才知此地为"怪音谷"，与它一山之隔的"硝洞湾"则似有硝烟腾起……我悠然回到几千里之外的故乡雁门关，恍惚自己正站在关头，看万千将士浴血沙场，佘太君目光坚毅，六郎峰俊秀挺拔，英雄岩威武雄壮，宗保湾杀声阵阵……禁不住放声呼喊"杨家界……杨家界……"回音飘荡，两行热泪滚过面颊，亲切感油然而生。据说，杨家界确实是为纪念杨家英烈及辗转于此的杨家后代的，并被尊为武陵之魂，便觉雁门精神无处不在，身为关下人，自感十分欣慰自豪。

　　我们起伏于通往乌龙寨的山道，只见藤木密植，虬枝盘绕，绿荫遮天蔽日。这里是昔日土匪出没之地。电影《乌龙山剿匪记》即取材于此，踽行于陡险羊肠小道，心中甚觉寂闷。正踌躇间，嚯地，两个精瘦汉子从路边跃出，着实吓人一跳。定睛一看，那两人呵呵大笑，原来是揽生意的轿夫。这一跳不要紧，跳出了截然不同的两个时代，若要倒退几十年，他们一定不是轿夫了。现实是对历史的扬弃，他们是擦干祖辈的血和泪痕，才守住人性的根土的。

　　登上一夫当道、万夫莫开的乌龙寨，我们都松了口气，因一过鸡公嘴，就攀缘巨石凌空的悬崖鸟道，着实叫人手心出汗，两脚发虚，而世之奇伟瑰丽非常之观常在险处。此处绝妙奇险，正如当地一才子留言："深壑幽洞奇峰百千，古木虬髯身绕白雾下陷紫烟，奇花异草甘露仙丹，晨红淡抹西子娇妍，鸟飞难过，猿愁登攀，天下游客来游览，个个不知寿增添。"此处已入杨家界腹地，受雁门精神鼓舞，登临巨壑之上荡悠悠的竹桥，令人头晕目眩的天梯，非虎豹之胆不得登的"天波府"，竟也泰然自若如履平地！

在乌龙寨，我认识了一个人：他叫向大坤。与那些古朴的洛神、傩神、牛神一样，他曾成为土家人心目中的偶像。他原为巴蜀大盘龙洞主，与杨家卫宋不同的是，他反明。明洪武年间，官府欺压百姓，民不聊生，官逼民反，民不得不反，洪武二年（1369年）向大坤揭竿而起，率土民上青山岩（张家界）举旗起义，招兵买马，建邦立帝，称王号"向王天子"，此后闯州占县，惊动朝廷，遭残酷镇压，后经数年激战，终因寡不敌众，于洪武十八年（1385年）八月投身神堂湾……

乌龙寨虽珍存了向王的虎皮座椅，但它形同虚设，农民起义领袖绝不甘愿蜗居"匪窝"，这一点，现代张家界人似乎忽略了，当地百姓则将向王魂魄与以他命名的天子山融为一体，给人平添无尽的想象。

在天子山坪地放眼一望，心胸豁然开朗，索溪峪一泻而下，十里奇峰参差错落，峰峰相傍，层层相叠，成团成阵。天台"擂鼓升帐"，将军笔毫挥洒，"神堂卫士"坚守岗位，三座香炉紫烟袅袅升腾，"四十八大将军"整肃列队正静听向王天子训话呢！两侧那一粗壮的石峰，似一位骁勇无比的猛将，怒发冲冠，正欲与敌决一死战，这是天子与官兵决战前的一场"天兵聚会"……十里画廊以它灵动曼妙之美，涵盖了丰富的历史内涵，浑厚粗犷与玲珑精致并存，阳刚之气与阴柔之美并具，怪丑顽拙与怡秀清丽兼备，冷峻幽险与姿彩瑰丽同赋！几百年前，刀戟相向的战场，无论如何教人产生不了美感，只因了后人丰富的想象与审美,才成为隽永。可以说,美是沉淀,美是距离,美是和谐,美是发现!

我们来到神堂湾,侧耳聆听,只闻巨壑深处战鼓声声、号角雷鸣、啼音杂乱、人嘶马叫,厮杀声不绝于耳,这声音穿越时空,在空中久久回荡……这是历史的回声,值得人久久回味……

天子山是一部有形的历史,隽永的史诗。

从天子山顺阶一步步下移,自觉暖湿的流云袭来,一时云左雾右,不知身在何处。山上则阳光灿烂,山腰竟细雨蒙蒙,所谓"一山有四季,十里不同天"是也。据说雨大时,此地飞瀑流泉随处可见,"久旱不断流,久雨水碧绿",珠玑跌落,云舒雾卷,可惜今天小了点。山下一丛火红的夹竹桃环绕屋宇,笃笃杵臼声传来,循声三转两转便得一敞屋小院。这小雨丝毫不影响山里人的劳作,主人正捣葛根,制作葛根粉呢!葛根粉清凉泻火,既治病又补身,却很费力气,百八十斤的葛根要用"柴背篓"从山下一级一级背上来,肩上勒出的红印有多深,他们从不说。而面对外地一女客的狠劲杀价,土家人仅简单的一句:"就算送您吧,一路好走。"土家人的纯朴,竟将那女客羞坏了,她讪讪地看了看我们,拿葛根粉倒退着走了,我想她今晚一定会失眠的。

当我们走向自然乐园、心灵故园的边缘时,它的主人终于接见了我们。公路上,一群猕猴闹哄哄冲下山来,向行人讨要食物,叽叽喳喳凶悍得很。我蹲下身正想摸摸光滑可爱的猴头,不料这雄性猴头一下成了"老虎屁股",它顺手一把打将过来,打得我生生找不着北,等我醒过神儿来,猴儿早抢了食物,在一边嚼得有滋有味呢,看都不看你一眼!生存是每一个生命的正当权利,即使饥饿难耐,动物也绝不会阿谀献媚于别类。而对于此时想趁火打劫的小黄狗更是一场劫难。只见那猴儿丢下食物,凶顽异常地撕咬小狗的耳朵,嘴里发出的厮杀声吓得小黄狗瑟瑟发抖，最后不得不甘拜下风，逃之夭夭。这使我又一次感受了张家界野性的魅力。物竞天择，适者生存，动物仅仅为了生存活着，而人更需要的是发展和创造！

正因如此，现代张家界人将沿用了两千两百多年的"大庸县"改名为"张家界市"，因为"庸"乃"中庸之道"，不偏不倚，调和折中，是非不辨，功过不论，不求进取也。今日改名"张家界"，则颇有新意，"张"乃张开、开放，"家"则"振兴国家"，发家致富也；"界"者，走向世界。这不仅与奇伟瑰丽的张家界相辅相成，更主要的是体现了他们与封建传统彻底决绝的气度及培植文明厚土的意识，这一点正是现实中最需要的。试想，若非地下坚若磐石的石英砂岩层，张家界还会势拔五岳、唯伊独尊吗？

想想杨家的苦难，听听神堂湾的回声，再一次回望奇峰，那林林总总、浩瀚森森的山峰正沐浴在暮岚中，他们经历了历史沧桑和风雕雨蚀才成为今天；那么我们呢？今天我们也开始了艰难的自拔，一定有很多苦痛、彷徨，甚至血泪，路一定很长，但深圳高耸入云的摩天大楼，是什么呢？那是一座座秀峰，那是一个个梦想！

 赏 析

读完这篇游记散文，得到的第一个印象是"乡土情结"，作者写的是张家界之游，是为了结多年的"湘西情结"，而读者的我却读出了乡土情结，岂不谬哉？所以读出乡土情结，概因游记中以大段篇幅写杨家界，且反复提到雁门关下的杨家将：在杨家界"我悠然回到几千里之外的故乡雁门关，恍惚自己正站在关头""便觉雁门精神无处不在，身为关下人，自感十分欣慰自豪""想想杨家的苦难，听听神堂湾的回声，再一次回望奇峰……"身在张家界却不时想着雁门关，

想着雁门关下的杨家将,将杨家将故事放到湘西的杨家界来。岂非乡土情结之下的触景生情。

其实,每一个作家都有自己的写作情结,王安忆有她的上海情结,莫言有他的高密东北乡情结。作者执着于她的乡土情结,这其实是她的优势。

然而,作为一篇游记散文的《野性的魅力》并非刻意表现乡土,乡土情结只是一种自然流露。一个"浑厚粗犷与玲珑精致并存,阳刚之气与阴柔之美并具,怪丑顽拙与怡秀清丽兼备,冷峻幽险与姿彩瑰丽同赋"的张家界和湘西厚土产生的独立人格,才是作者所着力表现的精彩之处。

(彭图)

飘逸的梨园

仲夏,应友人相邀,去一个幽雅的去处。一路佳木葱茏,凉风习习,十分宜人。于是海阔天空,一行五人谈古论今,直陈所见,争论不休,个个有孔明之舌,不驳得对方体无完肤誓不罢休……

到目的地,我循了阴木覆盖的小道走去……但见绿荫掩映下,露出一段红墙,波缓谷低,逶迤起伏,十分随意。小叩柴扉,无人回应,轻推门环,只见乱石铺道,日影斑驳,斜木扶疏,蓬冠劲枝十分野性,虽没有红杏,却满园春色。那劲冠虽十分茂盛,却让这段红墙合手揽回,感觉强悍但不粗野,疏放而不浪荡,像顽皮的孩子躺在自家后花园里,十分惬意。心中一喜,刚才舌战时那高度逻辑化了的思维倏然一松,仿佛意外受热瞬间融化了的雪糕,又似骤然绷断的琴弦,一下子跌坐在草丛中,心和四肢虬枝一样乱陈,在这片不足二分地的园子里,尽情地放纵自己,而渐渐被绿意同化……深吸一口透心的凉爽,仿佛吸入甘冽的清泉,"尘尘烦恼俱消歇,无限清凉说向谁?"

这就是梨园。是我苦苦寻觅了十几年的心灵家园。夫子说,"仁者乐山,智者乐水",我曾游历过不少名山大川,其间有感悟,有共鸣,也有太多的难忘与发现,但心灵归途往往被它们的喧闹遮断了。您瞧,梨园只低矮的一段红墙,亦不必建于人迹罕至的悬崖绝壁,就把尘世的烦恼挡在了外面。

红墙镶满形状各异的窗口,或方或圆或棱或扁,小小窗口使人感觉这园子既有远离尘世、海纳百川的雅量，又超然物外，吞吐自如。它跳跃起伏，似心底流淌的音乐；又似汩汩心泉溢出，弹拨着一千多年前的"霓裳羽衣曲"……只听佩环叮当，和声悦耳，丝竹声声，缥缈中，绰约仙子，舞姿摇曳，广舒长袖，袅娜可人，只见中间那披纱舞者纤腰轻转，回眸一笑，明眸皓齿，宫廷粉黛翠宝顿时黯然失色。旁边皇服云冠男子则击节和舞，如醉如痴，这不是当年的贵妃和唐玄宗吗？当年，他们正是在皇家花园中辟出一个叫"梨园"的园子里，愉情悦性的。唐玄宗本来对歌舞诗词就十分喜好，老天又赐给他一个贵妃，使宫廷光彩夺目，玄宗索性选出坐部伎子弟三百人和数百宫女，夜夜歌舞，有时玄宗还亲自指点教正，琴瑟和鸣，管弦悠扬，通宵达旦，他们勃发出的是不尽的激情与爱意，贵妃在爱情的滋润下，正似"梨花一枝春带雨，三千宠爱在一身"。

那天，贵妃因言辞不周，触怒了玄宗，被玄宗责备，便赌气回到她的宗兄鸿胪卿杨家。眼看日影西斜，仍不见贵妃还宫，玄宗茶饭不思，并不时责罚迁怒于左右侍从。侍立于旁的高力士看出玄宗的心思，小心地试着说："陛下是不是将殿中所贡帏帐、绸缎、谷物酒牲给贵妃娘娘送过去些呢？"玄宗紧绷着的脸稍稍放松，松了口气说："御膳分赐。"高力士急忙扬声传喻："御膳分赐……"当晚，百余辆宝马雕车逶迤而来，停至杨府。贵妃侧耳细听马蹄声，蹙眉顿展，忙揩泪洗面，梳妆打扮，满面春风地蹬鞍上车："驾！"马蹄疾疾，春风沉沉，銮车从安兴坊门急匆匆驰入皇宫。入得宫来，贵妃含泪叩谢皇恩，玄宗忙不迭上步一把揽妃入怀，二人尽诉离情别恨，如胶似漆……

此时，园子里一股清香袭来，四处寻觅，不见芳踪。只觉仙乐响处，有天香飘来，抬头远望，对面山顶青树翠蔓，花草繁茂，宫殿楼阁耸立其间，宛若团团锦绣。但见山顶朱门次第打开，一纤纤仙子飘然而出,山下红尘起处,一匹驿马风驰电掣而来,山顶仙子嫣然一笑,转身轻拢长袖,又翩然回宫去了……这不是荔枝的清香吗?"妃嗜荔枝,必欲生致之,乃置骑传送,走数千里,味未变,已至京师。"(《新唐书·杨贵妃传》,可见玄宗对贵妃的恩宠了。

"渔阳鼙鼓动地来,惊破霓裳羽衣曲。"公元755年,因安史之乱,在逃往西南途中,六军不发无奈何,玄宗只好忍痛割爱。马嵬坡下,一声霹雳,将李杨二人的甜蜜梦境惊破了。"宛转蛾眉马前死,花钿委地无人收"……在逃往西蜀的路上,玄宗只觉神思恍惚,人去心空。尽管蜀地水碧山青,美不胜收,但他感觉日月暗淡,旌旗无光,孤寂清冷异常。自生离死别那日,对贵妃的思念朝朝暮暮,此情绵绵无绝期。等到国难一过,玄宗起驾还都途中,又经贵妃死难地,旧地重游,悲从中来,伤心欲绝。祭奠亡灵之时,却又不敢大放悲声,哽咽难捺……然此情难绝,他决定下诏改葬贵妃。此时,礼部侍郎李揆上前一步,奏曰:"六军将士因为杨国忠辜负了皇上而导致这场祸乱,并替天行道,为民除害。今日陛下要改葬贵妃,恐怕会引起将士的不满和疑心。"玄宗低头思忖再三,无奈,只好作罢。又秘派中使准备了棺木,葬在别处。临下葬时,玄宗打开棺木细细验察,见香囊、断发犹在,不禁泪流满面,泣不成声,泪眼蒙眬中仿佛贵妃欢颜娇语犹在眼前……回得宫来,只见太液池未央柳,却不见芙蓉面、柳叶眉,正是"斯人已随黄鹤去,此处只留黄鹤楼"之凄感,物是人非,对此怎能不垂泪呢?抚柳回想贵妃在时的日子,捶胸顿足,只恨相见太晚,只苦形单影只,只怜香消玉殒,只悔言厉情伤……便命画工精描细画贵妃画像,供于长生殿。从此,早晚都去祭吊,每至殿中,见像如见人,唏嘘不已,从此玄宗"上穷碧落下黄泉,两处茫茫皆不见",曲近人终,不近女色,梨园也日渐荒芜冷落,蒿草荆棘丛生,梨园弟子阿监青娥个个白发衰颜，筝断弦绝……然千古绝唱至今不绝于耳，或铿锵激昂，或哀转凄婉，或明丽自然，或高亢嘹亮……留给后人不尽的回味与感叹……

梨园，阐释的不仅仅是一段历史，还有炽烈的情感和真挚的人性……

与梨园遥相呼应的，是路对面弧形影壁上一幅孤寂而凄清的画面：远山空蒙，层峦叠嶂，下着霏霏大雪的江面上，一个头戴斗笠、身披蓑衣的渔翁正兀自在寒冷的江心独钓。这自然是柳宗元的《江雪》意境"千山鸟飞绝，万径人踪灭。孤舟蓑笠翁，独钓寒江雪"了。画面一尘不染，万籁无声，因了雪的缘故，连鸟雀不飞，人迹不至，顿使人有"清气澄余滓，杳然天界高"之感，以它做背景，梨园的意境陡升！如果将梨园比作仙子，那么这幅画即是它的灵魂、它的境界、它的点睛之笔！

这首诗是柳宗元（山西永济人）被贬永州（今湖南零陵）期间，精神上受到很大压抑后，寻觅到的一个理想境界。在永州，他放情山水间，俨然一放荡不羁的渔翁，"渔翁夜傍西岩宿，晓汲清湘燃楚竹。烟销日出不见人，欸乃一声山水绿……"（《渔翁》），这之前，这位唐代杰出的散文家和诗人并不甘于寂寞，他不仅是唐代古文运动的倡导者，也是唯物主义思想家，更是政治革新的积极参与者，对革新唐贞元时期的弊政起过重要的作用。早在一千多年前，他就认为官吏应该是人民的公仆。可是那个时代的官吏们不仅不听他的话，还"受其直怠其事"，甚至盗取人民的财富呢！结果，因跟随王叔文"永贞革新"，他和密友刘禹锡等触犯了众怒，唐宪宗亦愤怒了！他们被一贬再贬，流落永州，柳宗元最后客死柳州。难道宪宗不爱才吗？非也。元和十年（815年）初，正值新年开泰，万象更新，风调雨顺，国泰民安，宪宗怜惜贤才，想起远在永州、朗州等地的柳宗元、刘禹锡他们，十分感念，"欲洗涤痕累，渐序用之"，遂下诏召回，可宪宗的左右正是柳宗元他们的对手武元衡（正任中书令），众官员七嘴八舌："该等犯上作乱，罪该万死，祸根！祸根！陛下万万不可复用哪！"宪宗无奈，只好一声叹息："罢了……罢了……"柳、刘等回长安刚一个月，宪宗又改变了主意，再一次把他们贬到更荒远的柳州和播州。从永州到蛮荒的柳州，本已十分不幸，柳宗元却看到了比自己更不幸的人，那就是刘禹锡。刘禹锡与他一样倍受王叔文知奖、器重，王引二人入禁中，共商国是，图从大计，进行"永贞革新"，叔文一败，二人同遭牵连。此时被贬为朗州司马的刘禹锡又被贬为播州刺史。诏书下，柳宗元对身边人说："禹锡有老母在堂，年事已高，现在要去西南绝境，往返有万里之遥，怎能偕母同行呢？若其母子分隔两地，便成永诀，我和禹锡是挚友，怎能忍心看下去呢？"便速拟奏章，请求与禹锡交换贬地，正遇裴度也递了奏章，使刘禹锡最终换任连州刺史，侍奉老母，以尽孝心。那天二人一同出京赴任，到衡阳分路。面对山水渺渺，前程茫茫，柳宗元不胜感慨，写下了《重别梦得》："二十年来万事同，今朝歧路忽西东。皇恩若许归田去，晚岁当为邻舍翁。"

路途迢迢，风尘仆仆，于偏僻小镇客栈，月明星稀，孤灯愁眠之夜，柳宗元想起了永州西园。静夜中，零丁滴落的露水声敲击着他的心弦，时而急促，时而沉缓，搅得他难以入睡，索性开门来到西园，只见一轮寒月从东岭升起，月光如泻，仿佛一泓清泉渗入竹根，潇潇疏竹，淙淙水声，使西园的夜更加清幽。侧耳细听，远处石上流过清泉，轻柔流滑，未入巢的山鸟，时而一声叫，更添了园子的宁静，万物有灵，连山鸟也感知到他的心境了，柳宗元越发留意这园子，倚柱而立，静声谛听，希望能再听到一声鸟鸣，但直到天明，也未能回应……今日山谷里的鸟雀，怎么也不叫了呢？

他终于到得柳州地界,寻古道踏蓑草渐近柳城。驻足仰望,心潮难平,疾疾登上荒草疯长的城楼,一股悲凄袭上心头,极目远望,似要望断天涯,寻找刘禹锡他们,然山叠水嶂,孤帆远影碧空净,一切都远去了。他想起自己在永州瘴气湮没的山道上幻化出的那个"鸟飞绝,人踪灭"的好去处,是多么令人神往。他暗自想,古往今来,怕只有李白的"众鸟高飞尽,孤云独去闲。相看两不厌,只有敬亭山"可比,连陶渊明的《桃花源记》都难以企及吧,想到这儿,他一阵激动,脸有点发烧,竟有些飘飘然起来,但一股冷风吹散了心头的燥热,潮冷的湿气席卷了他,禁不住打了一个寒战,已觉湿津津的了,这柳州到底不比长安,雨说来就来,噼噼啪啪,使芙蓉薜荔顿遭横劫,"惊风乱飐芙蓉水,密雨斜侵薜荔墙",唉,他怅叹一声,连芙蓉与薜荔这样高洁美好的东西都遭到践踏,自己又算什么呢?

然而,他这个河东狮子一旦吼出了声,就绝不缄口。在柳州十年,他"故态复萌"。柳州土俗是,穷人家若交不起租子,就要以自家子女顶账;过期仍交不出租子,其子女就被债主定为永久奴隶。柳宗元对其"乡法"做了大胆改革,他的办法是:已经卖给钱主家的孩子,可以用钱赎出,归其父母,还孩子人身自由,这是一项解放生产力的革命呀!很了不得!柳宗元本就才学出众,这下在柳州更是声名大振,江岭地区名人雅士,莫不崇拜,不远千里来此拜师。凡经他指点的,都成为名士,柳宗元也卷帙浩繁,著书四十卷,名动于时,号称"柳州"。

事实上,即使在永州,柳宗元对朝廷还是有幻想的。他二十六岁入仕,三十三岁被贬,至四十七岁死,其间二十一年仕途生涯,竟过了十四年贬谪生活,所有的政治理想化为泡影,最后甚至连还乡的希望也破灭了。他行走于泽畔间,吟道:"海畔尖山似剑芒,秋来处处割愁肠。若为化作身千亿,散向峰头望故乡""山城过雨百花尽,落叶满庭莺乱啼",他仰天一声凄厉激越的长叹,令世人魂惊魄散,奔迸而出的是激愤和遗憾……

走出梨园，已是暮色四合，灯火明灭。登上高丘，才知此处是一小山，而非骊宫。站在高丘，如站在光洁如玉的母腹，眺望远处的双乳山，双峰微起，心湖则波澜激荡，这是生命的颤动。冥冥之中，我只觉得，真与美无处不在，只是变幻了各种形态，蕴含于建筑、山水、绘画及万事万物中，令人追慕不已。有了它们，人生才有了情趣，人间才平添了生动与超脱。这里，唐朝的一对情人，一位渔翁，以飘逸的姿态、高洁的品格、悲剧的结局阐释人生。一个时代，如果将人性阐释得淋漓尽致，必将德被后世、泽惠众生……

赏 析

这是篇发思古之幽情的奇文，通篇讲史讲实，通篇幻景幻境，所以名《飘逸的梨园》。其实梨园并未飘逸，飘逸的是思、是幻，是惑、是困；因惑而思，因困而幻，思以解惑，幻由心生，梨园遂亦飘逸。梨园所以飘逸，盖因去一"幽雅"处路上一场没有结束的争论。因有争论不休，互不相让。一旦由热议而入小园幽静，高度逻辑化了的思维倏然一松，遂生"尘尘烦恼俱消歇，无限清凉说向谁"之困惑，于是触景生情，触景生幻，幻出马嵬坡、幻出唐玄宗深夜梧桐雨与杨玉环生死之恋的官性与人性；由唐玄宗、杨贵妃而幻出柳宗元独钓寒江，屡遭贬谪却不改为民之心的官性与人性。

"走出梨园，已是暮色四合，灯火明灭。登上高丘，才知此处是一小山，而非骊宫。站在高丘，如站在光洁如玉的母腹，眺望远处的双乳山，双峰微起，心湖则波澜激荡，这是生命的颤动。"此梨园断非唐玄宗笙簧歌舞之"梨园"，更非柳柳州孤灯愁眠之永州西园，是此梨园亦幻也：不足二分地的园子里"没有红杏"自然也无梨白，有的只是"斜木扶疏,蓬冠劲枝"和"谷静风声细,门空鸟语稀"，而"这就是梨园，是我苦苦寻觅了十几年的心灵家园"。

（彭图）

流淌的歌声
——感受黄崖洞

我是踏着碧溪——一道绿得沁人肺腑的碧溪走进黄崖洞，走进太行山的。此前，只闻太行山的刚，不想它竟如此的柔。

这是瓮圪廊。一听名儿就知道山里人的淳朴。"瓮"是因了前面有一无底瓮似的绿潭，而"圪廊"是因了夹溪的两边皆是壁立千仞的危崖，太行的雄奇与婉约就让老百姓的三个字给概括了。

清新的风扑面而来，遍身清爽，太行伟岸的身躯伸手可触。仰望，奇峰欲合，峭立千丈，连云耸翠，嵯峨青岭一派娇红，太行的秋竟如此醉人。不过六十多年前却没有这般好景致，据说日本人是踩着老百姓布下的地雷走进瓮圪廊的，他们付出了惨重的代价……此刻，一束晨光从山顶射下，使这血性太行纹理清晰，毫发毕现，它们蓬松的头发瀑布般飘逸，骨骼却似竹节般坚强，他们有的虽千疮百孔，甚至肢体残缺，却目光炯炯，精神矍铄，把太行雄风渲染得淋漓尽致！令人保持一种仰视的姿态和亢奋的情绪，如果说他们是一组组不朽的英雄雕塑，那么，脚底这碧潭、璧玉般的白练呢？是英雄心底流淌的歌吗？

"我们战斗在太行山上，山高林又密，兵强马又壮……"顺溪而进，仿佛歌起……有人介绍说，这里是八路军总部兵工厂，党的命根子。我们怀着肃敬而神秘的心情攀登，身边的飞瀑流泉仿佛雄壮的黄河大合唱，召唤着我们。正当我气喘吁吁，奋力登上一夫当关、万夫莫开的关口时，一个年轻的司号员伸出巨手，一把拉我上来，他朝我微微一笑，羞涩地低了头。他整洁的灰军装，左腰间挎了小号，红绸穗随风飘拂，显得飒爽英姿。他叫崔振芳，六十一年前，他的一百二十枚手榴弹，让日本兵在他面前倒下一大片，他便永远驻守在这里。那年他才十七岁，还没订婚呢！

眼前豁然开朗，群峰环抱着碧潭、芳亭、流水、红枫，镇倭塔静穆，独立深秋。那盘旋而上的山梯教人望而却步，忽见一只山鸟轻捷地飞过塔顶，鸣啾几声盘旋而去，更添了山谷的幽静。周围一片空寂，静得教人心颤、心痛，让人沉重得喘不过气来……我想喊，却喊不出声，心底分明感受到岳撼山崩般的回声，这回声仿佛一声久远的闷雷，由远及近，隆隆而来……它来自巍然森立的峭壁悬崖，来自镶嵌其中的一个个明碉暗堡……山下，弹石如雨，光焰四射，地动山摇；峰顶，刀光闪闪，厮杀声声，电闪雷劈，仿佛江翻海沸，锤声、机声、马达声响彻云霄……我感受到一种从未真切感受过的体验——崇高！

层林深处的山间小道上，传来欢快的歌声。一个战士挑着水桶下山汲水，歌声像间或飘来的一两点小雨。他的衣服被硫酸烧破，补丁摞补丁，甚至牙齿都被腐蚀了，头发被烧焦了，他仍然十分快活。他大概是上海、湖南或四川人，他不会唱"亲圪蛋下河洗衣裳"，他会唱《军工之歌》："自己的机器，自己的工厂，为抗战工作，……同志们！凭着比钢铁还坚强的臂膀，建立起新中国的基础，充实起我们的国防……"他汲满了水，歌声又飘向雾气腾腾机声隆隆的山上……我目送他年轻的背影上山，想他一会儿一定是把一碗碗滚烫甘甜的山泉水送在那些汗流浃背或是凝神思索的人手里，他们笑呵呵地接过了他的水，心比这甘泉还要甜。

"你说扭过就扭过，好脸要配好小伙，小亲圪蛋……"山顶真有山歌飘来，一位老人正在采药，我想他心里正甜哪个美呢！众人呼喊着邀请老人下山，没等我醒过神来，老人已在我们面前了，众人缠着他唱山歌,他便唱起了歌谣:"一块青石蛋,当中钻个眼,装上四两药,安上爆发管……鬼子来扫荡,石雷到处响,炸死大洋马,留下机关枪……"苍老的歌喉让人回味着历史的沧桑……望处,青山巍巍,丹枫片片,丛林中摘一颗不知名的野果,捻破,果汁竟像鲜血般染透手指。清溪在树下潺潺流过,空谷来风,人们踏进河心,似在寻觅什么,哪怕一甲一弹也好,却只有清溪流响……历史不需要雕塑,不需要肆意渲染,历史会化作山峰、古松、枫叶,使它们如英雄般鲜活;化作人们心底永不枯竭的歌,使一代一代人激情似火……

赏 析

　　黄崖洞是八路军总部太行山兵工厂所在地,在这里进行过著名的黄崖洞保卫战,黄崖洞在八路军抗日历史上有着永垂史册的辉煌意义。自从黄崖洞开发为红色文化旅游基地以来,每年来这里游览的人无数,写黄崖洞旅游诗文的亦无数。《流淌的歌声》以散文诗的形式出之,可谓独辟蹊径:"奇峰欲合,峭立千丈,连云耸翠,嵯峨青岭一派娇红,太行的秋竟如此醉人。""脚底这碧潭、璧玉般的白练呢?是英雄心底流淌的歌吗?"于是心中的歌、耳畔的歌,抒情的歌、战斗的歌,雄壮的歌、欢快的歌在这瓮圪廊里四处响起:抗战是歌,英雄是歌,抗日英雄战斗过的地方只能用歌来表现,歌唱英雄,歌唱历史,只有歌声方能表达对抗战历史的尊崇,只有歌声方能表达对抗日英雄的钦敬:"历史不需要雕塑,不需要肆意渲染,历史会化作山峰、古松、枫叶,使它们如英雄般鲜活;化作人们心底永不枯竭的歌,使几代人激情似火……"此诚《流淌的歌声》之谓也!

(彭图)

夏日咏柳

北方有两种树最为常见，一为杨树，一为柳树。对于杨树，我一直心存敬佩，它不枝不蔓，秉直挺拔，尤其是穿天杨，心无旁骛，一门心思往上长，山一般的厚重，水一般的直率，个性鲜明，勇往直前，锐不可当；它又十分重情意，根深深地扎入黄土深处，从不张扬，这正像我们的北方汉子，虎虎有生气而又深沉厚重。

柳更多的是缠绵悱恻，儿女情长，离愁别恨。古人有折柳赠别的习惯。执手相别，斜柳依依。你瞧柳永别离长安时，站在灞桥上，手握友人赠柳依依不舍。他三步一回头，看着渐远渐模糊了的友人，在衰飒古柳下依然翘首远望，触目伤怀，离愁别绪涌上心头："参差烟树灞陵桥，风物尽前朝。衰杨古柳，几经攀折，憔悴楚宫腰。"这楚宫腰般的灞桥柳便成了千古绝唱。再看欧阳修的《踏莎行》："候馆梅残，溪桥柳细，草薰风暖摇征辔。离愁渐远渐无穷，迢迢不断如春水。"……文人笔下，柳几为情殇了。

然而，这始终改变不了我对柳的不屑。在我性格形成的青少年时代，老师就在黑板上写过这么两句："要学悬崖挺拔松，不学河畔随风柳"，这刻骨铭心的句子，在我的日记本上划过时，就在心灵上刻下两道深深的印辙。那时的样板戏如雷贯耳，村里"雄伟"的大舞台上常常有青春偶像郭建光挺拔的身影："要学那泰山顶上一青松，挺然屹立傲苍穹，八千里风暴吹不倒，九千个雷霆也难轰。烈日喷焰晒不死，严寒冰雪郁郁葱葱……"青松岂能不罹寒，只是本性不移罢了；

而敦煌曲子词却说尽了柳的柔弱："莫攀我，攀我太心偏。我是江河湖畔柳，任人折来任人攀。"以柳喻烟花女子，言外之意，柳无本性，水性杨花。一如几千年来对女人的歧视一样，人们对柳的歧视已根深蒂固。

如今，走过一个个生长期的我，就像秋光斜照下的层林，进入缤纷灿烂的成熟季节，眼光自然变了。现在看来，这实在有失公允。在北方，杨与柳正如强悍的汉子与深情的女子一样，是阴阳相合，天地共春的。《本草纲目》就说："杨枝硬而扬起，柳枝弱而垂流，一类二种也。"若只有杨，北方便失却了春色；光有柳，北方便不是北方了。我得为柳平反了。

在被凌寒不凋的塔松取代了不少伞柳的古城，在这个连鸟儿都无处躲藏的夏日，有一天，我在侥幸逃生的那排伞柳下等着接女儿，翠嫩的伞柳覆盖了我，顿觉清爽宜人，刚才的热浪一扫而光。放眼望去，一条街翠伞相连，亭亭如盖，把北方粗犷的街濡染得秀容满面、绮丽可人。我奇怪，之前怎么没有这种感觉？仰望，伞柳的手臂极其柔软地舒展着，轻轻摇曳着伞面，似年轻的母亲，呵护着娇憨可爱的稚子；又似爱意绵绵的老师，执着地举托着心中的希望。柳叶田田相连，似女人灵巧的手指飞针引线，指尖相接，轻轻一拨，便将毒日挡住了。炎日只洒下斑驳的碎影，将衣裙点缀得迷彩般飒爽，倒向望去，从指缝间不时投射的阳光，使倒映在蓝天的绿伞如同醉心于宝蓝色湖心的翠色舞者，飘逸闪烁，楚楚动人……古城因此而柔情似水。

这还只是在夏，早春二月，不是它最早垂下绿丝绦的吗？如此清新的柳，怎一个"愁"字了得！

刚从部队归来的同桌打电话告我，他回到滹沱河边的母校了，风景真美，可母校已荡然无存了，唯长堤上的垂柳还在，一人已难合抱了。二十年前的秋，常于晚霞映红西天之时，登上长堤，手抚与自己一样翠嫩的小柳,胸怀远志,感受"落霞与孤鹜齐飞"的境界,是何等惬意!如今只有垂柳像守巢的慈母,依然在殷殷期待着我们……那棵柳,是我人生的最初坐标。

春未老,风细柳斜斜!

赏析

《夏日咏柳》寄情也,喻性也。作者性情中人,女性而喜刚,柔柳其情,杨(阳)刚其性。所以少时喜杨而恶柳;文如其人,所以为文从真率而少婉约,所谓"情性之外不知有文字"者也。年岁渐长,日月缤纷,遂悟"阴阳相合,天地共春",于是有咏柳之文。其实熟读古诗文的作者也知道"柳树姓杨",古代的"杨柳"即"柳",所谓"蒲柳""垂柳""垂杨柳"也。"昔我往矣,杨柳依依""杨柳堆烟,帘幕无重数""杨柳岸,晓风残月""那堪傍杨柳,飞絮满邻家""一丝杨柳千丝恨,三分春色二分休""草长莺飞二月天,拂堤杨柳醉春烟""杨柳绿齐三尺雨,樱桃红破一声箫"……诗中杨柳皆柳也。这倒不是因隋炀帝隋堤栽柳而赐柳姓杨之故,古诗词杨柳合一也。所以拆开来讲,因古诗词外的杨树即杨,柳树即柳;所以拆开来讲,喻义也:"我失娇杨君失柳,杨柳轻飏直上重霄九";所以拆开来讲,构文也,先抑后扬也:"春未老,风细柳斜斜"!

遂曰:杨柳自然生长,好恶任人评说。我自摇丝飘絮,成汝生花妙章。

(彭图)

善行天下

——追寻运城李氏家族的善迹

正是参差黄绿的十月，当山西省作家协会组织的"三个文化"采风团从太原出发，一路疾驰，自北贯南，向运城进发的途中，我的心中是充满了膜拜之情的。河东，中华民族的发源地，黄河文明的摇篮，堪称"最早中国"，从小，愚公移山、精卫填海、舜耕历山……这些神奇的传说就印在我的脑海中，河东又是人类最早使用火、最早食用盐、开始冶炼和农耕文明的地方。上古时期，"尧都平阳（今临汾）、舜都蒲板（今永济）、禹都安邑（今夏县）"，从尧舜禹开始，运城便是帝王们建都的首选之处，华夏文明的火种在这里点燃、拨亮，薪火相传，光耀寰宇……

我们直奔万荣县李家大院……

在晋南，晋商大院是不多见的。李家大院是晋南独一无二的巨商豪宅，始建于清道光年间，原有院落20组，现留存11组，房屋146间，另有祠堂、花园、作坊、马房等。我们站在这座占地125亩、融合了中国汉族南北建筑特色的民居前，不禁为这里恢宏大气、精致典雅的建筑风格所折服，竖井式聚财型四合院藏风聚气，哥特式尖顶型建筑中西合璧，特别是那些精彩绝伦的砖雕、石雕、木雕镶嵌在影壁、屋檐、门楣、窗棂间……处处寓示着晋南民间多子多福、耕读传家、富贵平安、长寿吉祥等美好的含义，在装饰中把儒释道等汉文化的价值理念渗透到建筑的各个角落……进入高大的"广善门"，穿过由红灯笼簇拥的甬道，绕过"一字影壁"，一座由370多个不同字体组成的"善"字影壁呈现在我们面前，影壁上草隶篆无所不有，古今字体无所不包，正中最大的一个"善"字端庄大气，是否寓示着"端正品行，行善积德"的价值理念呢？

考究李氏家族的发迹史，是从农耕开始的。他们以传统农业起步，继而转入手工业，然后转入商业领域聚集资本，又成功进入工业领域，转化为民族资本家。在很短的时间内，连续实现三个跨越，与中国近代经济几乎同一个脉搏跳动。可以说，李氏家族的发迹史，就是中国近代经济史的缩影。今天，人们惊叹的不仅仅是他们在经济上的成功，更是他们博施济众、急公好义、乐善好施的家风……顺着影壁往里走，跨过道道高高的门槛，推开扇扇厚重的大门，像翻开厚重的历史，李家那些叱咤风云、乐善好施的精英们一个个向我们走来……

明代永乐年间，陕西韩城县遭灾，饥号遍野，民不聊生。一个名叫相里百泉的人，只身漂过黄河，来到山西万泉县（现为万荣县的一部分）薛店村。他心灵手巧，靠缠簸箕扎罗底为生，操着一口浓重的陕西口音，长腔短调，走村串巷，吆喝买卖。村里人不习惯叫他"相里"，便简称他为"老里"，时间一长，就叫成"老李"了，所以李家一开始并不姓李。明末，李家第八代传人李永山举家迁移到万泉县阎景村。李永山继承祖上家耕遗风，又兼营手工业，经过几代人勤俭持家，家道逐渐殷实，日子逐渐好过起来。到第十三代李文炳时，已是19世纪20年代，近代商业经济已经非常活跃，年轻的李文炳看着做买卖赚头大，便开始弃农经商。他用自己多年的积蓄贩来土布，开始赶集会、摆地摊，风雨无阻。有一天，他听说陕北靠近宁夏、内蒙古、甘肃一代的定边、靖边、安边（简称三边）一带因气候原因，无法种植棉花，当地土布奇缺。不少人家缺衣少棉，忍饥挨冻，几口人合盖一床被子。当地对土布的需求量甚大，土布价格比晋南高出好几倍,利润丰厚。李文炳决定用自己摆摊赚到的钱收购土布,组织马帮跑"三边"。经过半个月艰难的跋山涉水,风餐露宿,李文炳终于到达了靖边,由于李文炳为人厚道,诚信待人,土布顺利出手,银子抓回一大把,可谓掘出了第一桶金!

李文炳发迹后,1827年,为了进一步扩大生意,在定边县开设店铺,遂将自己的两个弟弟李文阶、李文蔚带出,组织马帮开始了大批量的贩运,他们一开始在当地收购零散的农家土布,由于供不应求,后来到河南的禹州、湖北的枣阳一代批量收购土布,还捎带内地的茶叶、药材、杂货到"三边"一带销售;返回晋南时,马帮又将皮货、药材等捎回。双向贩运,使李家的生意越做越大。1830年后,由于人口增多,三兄弟分家,李文炳将生意不好的店留给自己,将生意好的店分给两个弟弟。李文阶、李文蔚如鱼得水,开始在阎景村成立了"敬信义"商号,从贩运商转为坐商,他们以"信、义、诚、恭、谦、和"为经营理念,赢得了很好的口碑,生意越做越好。1862年至1937年的多半个世纪,是李氏家族经商的黄金时期,"敬信义"商号,除阎景村的总号外,解州、运城、潼关、渭南、西安、银川、汉口、湖南、江苏、天津、上海都有分号和常年庄点,总资产达数百万元(银圆)。到李敬修(李子用父)掌门时,李家的经商分号已遍及山西、陕西、甘肃、宁夏、内蒙古、湖北、河南、上海、北京、天津等15个省份,40多个县,共有百余个店铺。经营的项目花样翻新,有布匹、酱菜、糕点、食盐、皮货、药材、京货、茶叶、绸缎、酒类等,并且经营票号,可谓日进斗金,李氏家族逐步完成了资本的原始积累,堪称河东首富。

富裕起来的李家并没有因此而骄靡,他们把《朱子家训》的警句刻在大门两侧的青石上:"一粥一饭,当思来之不易;半丝半粒,恒念物力维艰。"

《李氏家训》十六条中有一条:"善,无私也。人生在世,为善最乐，惟善为宝。施行善道乃家族兴旺之本。凡我族人，必行善道，代代相继，万不可断。"这一条在李家三代十位当家人中广为传承。他们把行善积德视为最高境界，将李家的处世原则嵌入建筑中，"善本商家气象，仁风习习还播雨；信为历代荣光，德业煌煌总励人"。在"功德堂"有这样一副对联："宗东平王格言不外为善二字；遵司马公遗训只在积德一端。"每遇灾荒，李氏族人急公好义，倾其家底，赈济灾民，百年行善，方圆数百里都称他们是"李善人"。

那是在清光绪三年（1877年）的秋天，山西大旱，河东尤重。老天几月不下一滴雨，生生是要人命呀！河东大地赤地千里，颗粒无收。昔日茂盛滋润的田园像灾民们干渴的嘴唇爆裂着，干裂的土地张开血盆大口吞噬着人们的生命。饿殍遍地，哀魂遍野，牛马被宰完了，草根、树皮挖光了，种粮吃尽了，但依然填不饱灾民们无底洞似的肚子。为了活命，有的人家不得不狠下心来交换自己的子女相食……死亡的阴影笼罩在河东大地。此时的李家，虽然较往年的收成也大大地减少了，但他们毅然出手相救。第十二代"廷"字辈的李廷槐，第十三代"文"字辈的李文阶、李文蔚倾其家资，在阎景村村口、在万泉一带大街搭起了粥棚，一溜十几口大铁锅里翻滚着即将出锅的热粥，像李家人一颗颗滚烫的心……在生死线上挣扎的人们像抓住了救命的稻草，蜂拥而来……李家小伙计拼命地维持着秩序："别挤，别挤……都有份，我们东家说了，人人都要吃饱的。"无数的灾民得救了，李廷槐叔侄的脸上也露出了欣慰的笑容……李家的义举像一股暖风传遍了河东大地，河东父老交口赞誉，地方官员上奏朝廷，朝廷赠李廷槐、李文阶、李文蔚为奉政大夫（清正五品）；封"廷"字辈的孙氏、"文"字辈的阎氏和"敬"字辈的阎氏、岳氏为宜人（明清五品以上官员其母或妻封宜人）。

岁月不居，时节如流，当李家第十四代掌门人——李敬修登上历史舞台时，他的赈济方式在传承祖父辈的基础上，又得到发扬光大。李敬修不光赈济自己的乡亲，并且亲民爱民，对他管辖地贫民也多加周济。光绪二十六年（1900年）又是一个大灾年，河南、河东大旱，小麦颗粒无收，斗粟银二两四钱，老百姓饿死过半。李敬修当时管值清代奉直大夫，正在河南任通判（分管粮运及农田水利）之职，他责无旁贷，当机立断出资为当地放赈舍饭，救济灾民。又同堂弟李敬伦、侄子李道升商议后，拿出数十斛（一斛为五斗，一斗为十升）粮食赈济村民。同时，拿出五百两银子赈济原籍薛店村远亲近邻和贫民，有的养在家中，有的施以粟米，帮他们渡过难关。他慷慨好义，爱民如子，深受百姓爱戴，方圆几百里百姓称他为"李善人"。

李敬修特别重视人才，尤为重视扶持教育和济助特困生。在省城为官时，得知一位应试的考生在乡试期间得病死去，却因为家境困难无力下葬，李敬修就设法凑足钱财，置办好棺材和衣物，并亲自送到死者家中，感动得死者家属涕泪横流。他认为教育的目的是为国家培养栋梁之材，扶持教育义不容辞。万泉书院坍塌后，他慷慨解囊，带头捐助五百金，为全县做出了榜样，带动了全县的捐助。县官和上司赠匾"急公好义""乐善好义"，两匾至今悬挂在李家"功德堂"之上。为了兴学，他在本村修建了一所小学，每年拿出三十金做补助经费。遇到亲戚朋友中有上不起学的孩子，他一定会劝说孩子到学校学习，并且每年资助他们的全部学费。比起他的前辈来，他的目光更远，胸襟更宽；作为一个地方官，他有着更强烈的家国情怀和担当意识。

孟子云："天下之本在国，国之本在家，家之本在身"，修身、齐家、治国、平天下，是中国人，特别是中国士大夫阶层的社会理想，李家大院的掌门人忠实地践行着儒家的理想。

当历史进入19世纪80年代，光绪六年（1880年），李家大院的一个传奇式人物诞生了，他就是李敬修的长子李道行（字子用），

"道"字辈的李家第十五代代表性人物。

从小天资聪颖、熟读圣贤、饱学程朱理学的李子用，在戊戌变法时期，深受维新思想的影响，立志以政治革新报效国家。1898年，光绪帝颁布"明定国是"诏书，宣布变法。但仅仅103天后，随着"戊戌六君子"血溅菜市口、光绪帝被囚禁，戊戌变法宣告失败，李子用政治革新救国的思想也随之破灭。

他决定踏着父辈的足迹，去"三边"闯一闯，亲身感受父辈创业的艰难。

1900年，正月十五一过，他和冯掌柜便随着马帮踏上了去往"三边"的遥遥路途。定边，意为"底定边疆"，位于陕西省西北角，是陕甘宁蒙四省交界处。这里交通便利，商贾云集，素有"旱码头"之称。但因降雨稀少，农田贫瘠，百姓生活十分困难。朝内翰林王培棻视察定边时，曾写下《七笔勾》描述这里的景况："山秃穷而陡，水恶虎狼吼，四月柳絮稠，善画无锦绣，狂风骤起哪辨昏与昼，因此上把万紫千红一笔勾……"李子用从小就听父辈讲述李家靠往"三边"贩运土布起家的故事，没想到这里的老百姓是如此的穷困潦倒，他亲眼看见了那里的荒凉，亲身感受了"三边"地区百姓生活的苦难。由于天旱少雨，这里不能种植棉花，土布价格很贵，尽管李家在这里获利丰厚，但李子用却丝毫也高兴不起来。在回马晋南的路上，他第一次有了实业救国的想法，"像西方人那样，用机器织布，一台机器可以顶几十人甚至几百人干活，可以大大提高劳动效率，让天下人都有衣穿，有被盖，有饭吃，多好"！

怀揣这样的梦想，李子用在婚姻遭受两次打击之后，1907年，以优异的成绩跨入英国格拉斯哥皇家实业专门学校纺织科，学习纺织学，实现他实业救国的理想。这年，他28岁。

在位于英国苏格兰腹地的格拉斯哥城，李子用不仅眼界大开，学业收益颇丰,并且收获了与英国女子麦克蒂伦的爱情。他们结婚生子,琴瑟和鸣,恩爱无比。

然而幸福的日子总是这么短暂,第一次世界大战爆发了,战争的炮火绵延到西方国家,人们惶惶不可终日,李子用决定携妻回国,实现他的抱负。

1914年9月初,李子用和麦克蒂伦带着尚在襁褓中的儿子乘上了回归祖国的邮轮。3个月后,终于踏上了中国的土地。

腊月二十三,经过长途跋涉,就在家家户户拜小年的时候,李子用和麦克蒂伦乘坐的马车终于停在了阁景村口。

"亲爱的,到家了!"李子用兴奋得满脸红光,没等马凳放好便跳下车,把麦克蒂伦母子俩接下了车。全村老少都来看热闹了,邻村上下的也来了:"李家大少爷回来了,还带回来英国的洋媳妇,这可是世上头一回新鲜事呐!"街上站满了人,墙头、房顶、树上都爬满了年轻后生和孩子们,人们交头接耳,议论纷纷……麦克蒂伦修长的身材,金发碧眼,落落大方地出现在阁景村人面前,儿子明亮的眼睛好奇地看着这里的一切。

李敬修夫妇盼子盼孙都快盼疯了,这一天,他们焦急不安地等待着,不时打发人到村口瞭着。此时,看着跪在膝下的李子用,李敬修老泪纵横,泣不成声。他抚着儿子的头:"儿呀……你可终于回来了!"等李子用磕完头起身后,李敬修赶忙问:"我的孙子呢?"

李子用这才回过神儿来,赶忙拉麦克蒂伦一步上前,用英语对她介绍道:"这是爸爸、妈妈。"麦克蒂伦见到公婆,把怀里的孩子递给李子用,按照英国的礼节,上前分别拥抱了一下李敬修和王氏,并一一在他们面颊上亲吻了一下,用生硬的汉语说:"爸爸、妈妈好……"

李敬修被这突如其来的举动惊呆了,周围的人也惊呆了!等他回过神来,尴尬得恨不得找一个地缝钻进去!他猛地抽了自己一个耳光,将麦氏奋力推开……麦氏冷不防被他一推,趔趄着差点摔倒……她委屈极了,用英语大声质问李子用:"这是为什么,为什么这样对待我?"此时的这一幕,李子用也是猝不及防,他暗暗叫苦,后悔不迭,只怪自己归心似箭,一路没给妻子讲清中国的礼节……李子用赶紧上前给父亲赔礼道歉,麦克蒂伦也知道自己闯祸了,俏皮地吐吐舌头,学着李子用的样子双膝跪地,给公婆磕头:"爸爸、妈妈,对不起了。"李敬修的脸色才慢慢缓和过来,全村人这才接纳了这个远道而来的洋媳妇。

麦克蒂伦犹如一股清新的风,给李家带来了欢乐。她不仅使这座百年老院有了哥特式建筑,那宽敞明亮的"一经楼"里,常常传出美妙的钢琴声,也带来了平等、自由、博爱的思想,她成为李子用家庭和事业上的得力助手。

李家靠土布起家,因此对土布非常崇拜。他们把祖先织造的土布供奉在祠堂,逢年过节时不仅要举行祭拜仪式,还要求全院男女必须穿自制自织的土布参与祭拜,因此李家兄弟家家有织布房,李家的女人们都会织布,聪慧的麦克蒂伦很快就学会了织布。

织布房里,李子用和木匠师傅刚刚组装完织布机,麦克蒂伦轻手轻脚地走进来,她坐在织布机旁,熟练地操作起来。李子用用期待的目光看着她,麦克蒂伦兴奋地说:"成功了,亲爱的,我们成功了!"夫妇俩经过多次设计试验,终于改造成功了李家第一部织布机。这更加激发了李子用筹办纺织厂、投身民族工业的欲望。

1917年,疾病缠身的李敬修经过一年多的与死神搏斗,最终没能熬过去,仙逝了。李子用从父亲手中接管了李家的业务,通过修改店规、增加酒类新产品生产等手段,大大地激发了各地掌柜和伙计们的积极性,使李家生意通达四海。

正在李子用踌躇满志，选择自己投资的新方向时，新上任的河东道尹、英国牛津大学同学马骏出现了。马骏为李子用牵线搭桥，以二十万元入股新绛县纺纱厂，并让他担任纺纱厂董事，开始迈出了实业救国的第一步。紧接着，又在陕西产棉重点县三原，开设了"鼎记花店"，收购棉花。为了让棉农放心，他们采取先付款后交货的办法，每年投入收购棉花资金达二十余万元，收购棉花六百多担（每担百斤），打包后，运送至新绛纺纱厂，作为纺纱厂的原料。

一年后，纺纱厂收益可观，李子用当年分红十万元。当他了解到由于军阀混战，帆布需求量剧增时，紧接着，他马不停蹄便在西安创办了帆布厂。由新绛纺纱厂供应原料，制作帆布，实现了原料、加工、制作一条龙经营。

后来，通过时任实业厅厅长耿步蟾的介绍，他又入股山西最大的纺织企业——榆次晋华纺纱厂，兼任纺纱厂技术厂长，使他在英国学到的纺织技术有了用武之地，得以充分的展示和发挥。

之后，李子用又在陕西韩城投资建设"敬信义"炉院，生产大小五齿铧、风齿铧、柳叶铧和农家蒸馍用的笼圈、铁锅等，销往三原、渭南、潼关、河南等地。

春风得意、日正中天的李子用在投身工业、获得长足发展后并没有忘记秉承父辈的传统，"为官不横行乡里，富足则行善施仁"，他以中国儒家传统的仁爱思想做基石，将西方博爱思想与中国儒家传统的仁爱思想融会贯通，将李家"仁爱为怀，博施济众"的精神推向了极致。

早在青少年时代，李子用就受到家族的熏陶和影响："岂因果报方行善，万事皆空善不空"，他曾多次帮父赈灾。在万泉书院时，他帮助过不少家庭贫寒的学子。民国十七年（1928年）、民国十八年（1929年）全省连年大旱，秋天几乎绝收，冬小麦未种，室内连老鼠都绝迹了,斗麦银圆四元,死人无数。晋南遭灾尤为严重,入冬又逢奇寒,牛羊冻死无数。

一天,李子用突然接到太原来的急件,是在太原养病的母亲捎来的手谕。李子用急忙打开,几行熟悉的小字映入眼帘:"子用儿,尔虽负债,然本地连年灾荒,灾黎嗷嗷待哺,尔必尽力筹赈,以继乃父之志。"

第二天,天刚泛亮,李子用便召集各房主事商议救赈之事。

李道行和李道升、李道在、李道荣、李道临众兄弟磋商,决定倾力救灾。他们先后赈济河东十七县灾区每县一千元银圆,为河东旱灾救济总会捐款一万银圆,为本县、本村及原籍薛店村特别救济四千银圆和两千银圆。并在薛店村家庙、阎景村祖师庙、运城池神庙三处设粥棚舍饭,许多人得救了。当时,薛店村、阎景村的村民全部注册登记,开饭时分鸣钟,村民自带碗筷,供应一日三餐,不限量,管饱吃。李家族人男女老少一律换上土布衣衫,也都去粥棚吃饭,家里不支锅灶、不冒烟。绸缎衣服都包裹好,等需要时拿去换粮食。李家兄弟决定,即便是倾家荡产,也要赈济灾民。直至第二年秋收后,家家有粮吃,粥棚方才解散。这次严重的灾害,致使河南、陕西各地数百万人死亡,而阎景村、薛店村却没有一人饿死,也没有一户因此而变卖家产。百姓感恩戴德,纷纷上书请求政府给予嘉奖。时任山西省政府主席的阎锡山为了顺应民意,给李氏家族颁发了"博施济众"匾,并上书国民政府给以褒荣,万泉县县长也颁了"乐善好施"匾,予以奖励。

1930年秋天,同蒲铁路竣工,阎锡山动员全省各地富户资助修建公路,晋南的猗氏县、万泉县由尉庄的王万年和阎景村的李道行牵头。李道行组织李氏家族中的李道荣、李道在、李道临、武金枝等共捐款36000元,代表万泉县的36个村庄,每村1000元。1931年,猗氏至万泉段公路破土动工,一年后公路建成。

事实上，李家的善行不仅仅在这些国家大事上，而且渗透到了生活的每个角落。

李家门楼前种植着几棵大槐树，树下有一石墩专供路人歇凉。夏天，燥热难耐，树上蝉鸣声声，过路人就会到李家大院的石墩上歇息。这时，石墩上总会放着装满茶水的大碗，那是李家有意给过路人准备的。那天，李子用坐着马车正要出门，车前突然有人跪下拦住了马车。李子用跳下马车，仔细一看，原来是一个衣衫褴褛的女孩当街跪着。子用将她扶起，问她叫什么名字，几岁了。原来女孩名叫丁淑梅，八岁了，是万泉县丁樊村人。因父母亡故，只身一人流落街头。李子用轻轻地抱起孩子，转身递给一个随从，嘱咐说："把孩子交给老太太，收养起来，要像对待小馨（李子用长女）小姐一样对待。"自此，丁淑梅被李家收养，直至婚嫁。

民国初年（1912年），阎景村有二三十户人家养不起牲口，耕田磨面成了一桩愁事。李子用马厩里每天留有四五头牲口，供村民使用。谁家有用得着的，只要与长工头打个招呼就可以牵走。对冬天拉煤、雨天泥泞需要牲口的，他有求必应。李子用家备有两辆高级马车，一辆归自己用，一辆供村民用。若有调不开的，便全部给村民用，他本人借李家兄弟的用。李家待人十分厚道，八月十五定为长工节，冬至日为教师节。每逢过时过节，李家的女辈们都会组织儿媳们给长工送去酒肉饭菜，绝不怠慢。

李道荣是李文阶的孙子，与李道行（李子用）同辈，民国二十年（1931年），为解决村民的吃水问题，李道荣在村南买地修池蓄水。明里是由村里发工钱，暗里是李道荣出资。小工每五天一元（银圆），中工每四天一元，大工每三天一元。并贴出告示："不管来自何地，只要参加修池者，每人每餐一大碗烩菜，两个大蒸馍。"告示一贴出，周围县的饥民纷纷来阎景村修池，这种"以工代赈"的办法既使受赈者保全了尊严，又解决了全村的吃水问题。两年的施工，南池竣工，从此，阎景村再没有缺过水。

有一年，有两个小偷上房偷东西，李道升（李文蔚孙、李敬义子）听见动静后"咳咳"了两声，高声道："房上的下来吧，我给你搬梯子，夜黑小心摔坏了身子呀……"小偷下房后，痛哭流涕，连忙跪地叩谢。李道升送他钱粮，并叮咛他以后有困难就来找他。此事一经传出后，李家从此再无一人来偷。谁家有难处，就直接找李家。

当游览接近尾声时，我看到：李氏宗祠正堂挂着一块匾，上书"万善同归"。知善致善，是为上善，行善积德作为李氏家族最高的精神和道德追求，成为李家大院做人做事的最高理念和宗旨，通过一代一代的身体力行，融入后人的骨髓中，代代传承，发扬光大。可以说，李氏家族的兴盛史就是一部行善史，"善"就是李家大院的核心价值观所在。

我久久地品味着这四个字，是啊，万善同归，方能千秋不衰……

走出大院，正面大门外牌子上的大字格外引人注目："善无大小，善无多少，善无止境，善不等待，善不图报……"，正是这种行善积德的理念，激励着李家后人善行天下，也激励着社会的文明进步。

赏 析

文题是《善行天下》，追寻的是万荣李氏家族三代经商一百多年所行善迹。"善"是本文文心，文字皆以此一善字展开。李文炳卖布种棉发家，李子用留学归来开始实业救国，地方每有灾荒，全族必倾力赈济救助，其余收流浪、施牛马、修水利、捐修公路、善待小偷……无不展此一字之义。

作者所写虽为运城万荣李氏家族，所阐则为中国传统文化下的富而为善之道,彰显的是中国历代以来富而能为善者的仁者精神。

所以要彰显富而为善,因为为善不易。人向禅宗道钦和尚求心偈,道钦曰:"诸恶莫作,诸善奉行。"求者曰:"此三尺童子皆知之。"道钦曰:"三尺童子皆知之,百岁老人行不得!"

所谓"为富不仁","富贵无三辈,清官不到头"。正因为为善不易,所以李氏家族才以"为善最乐,惟善为宝"作为家训告诫子孙,要莫以善小而不为,莫以恶小而为之。所以作者才在文末强调:"正是这种行善积德的理念,激励着李家后人善行天下,也激励着社会的文明进步。"

为善不易,写为善亦不易,没有善心善念,便看不到善,看不到善事善人。眼中有善,才会动写善之念,构写善之文,笔下才会有动人情节,精彩篇章。本文以善为题,以叙善始,以扬善终,可谓善始善终。

(彭图)

评《白朴全集》的文学贡献（节选）

人间，总有一些天生的缘分，即使隔上千年，也会在某时某地相逢，白朴与韩瑞，即是如此。

2014年1月22日，《山西日报》一篇题为《首部〈白朴全集〉出版》的消息引起了我的关注。报道称：该书的领衔编著者韩瑞先生研究白朴长达十七年之久……据悉，该书是中国文学史上第一本全面介绍白朴的国学经典著作，可谓填补空白之作。白朴是元曲四大家之一，祖籍山西河曲；韩瑞人称"韩板桥"，也是河曲人，他被誉为诗、书、画、印、国学、美术理论六全的画家。一个才情十足的画家怎么会倾十七年之心血搞起严谨的学术研究？《白朴全集》有着怎样的文学贡献？

带着这样的疑问，我前后阅读《白朴全集》三次，并做了研究与总结。《白朴全集》共计三十五万字，收集了白朴所有存世之词、杂剧、散曲及《元曲大家白朴》等评介文章，韩瑞以注释白朴词集《天籁集》为突破口，确立了白朴由传统宋词向早期元曲过渡"初为元曲之始"开派式文学戏剧巨匠和爱国词人的地位。

元白之好

白朴（1226—1310），原名恒，字仁甫，后改名朴，字太素，号兰谷。汉族，祖籍隩州（今山西省河曲县），后徙居真定（今河北正定县），晚岁寓居金陵（今南京市），终身未仕。他是元代著名的文学家和元曲作家，与关汉卿、马致远、郑光祖合称为元曲四大家。他一生创作杂剧有十六种，代表作主要有《唐明皇秋夜梧桐雨》《裴少俊墙头马上》《董秀英花月东墙记》等。

在金章宗年间，河曲县旧县城内世居着白、杨、黄、席四大望族，白朴的祖父白宗完博学多才，好佛行善，施惠乡里，德高望重。在金泰和三年（1203年）和贞祐三年（1215年），白家出了两个进士：白朴的二伯父白贲和白朴的父亲白华。当地军民曾筑"荣乡亭"，以记此事。1212年，蒙古兵来犯，白朴的祖父白宗完为逃兵祸，带领一家人从河曲逃到了太谷。白华与"金元文宗"元好问（号遗山）在龆龀之年，相识于太原，并结为兄弟，世称"元白之好"。

"贞祐南渡"第二年（1215年），白华得中进士，白家举家又由太谷迁往汴梁（河南开封）定居，白华留汴梁任应奉翰林文字。金正大三年（1226年），白朴出生了，其时白华为枢密院经历官。白朴六岁时，元好问由南阳令迁升尚书省掾，全家也迁往汴梁，两家来往更为密切。每逢节日喜庆之事，两家子弟都要以诗文往来贺对。

金哀宗天兴元年三月（1232年），蒙古军包围汴梁。冬十月，百姓粮尽，食人肉苟活，历史上称之为"壬辰之难"，元好问曾有"十月围城鬼为邻"之名句来形容当时的惨状。之后，白华随哀宗"出就外兵"，蒙军屠城，白家遭难，白华失妻散子，流离失所，白朴姐弟幸得元好问相救抚养。金天兴二年（1233年），白朴姐弟随元叔同金朝百官遗老一同北渡，在去往山东的路上，小白朴染上了伤寒病，高烧寒战，昏迷不醒，元遗山昼夜抱持，悉心照料……亦是遗山的挚爱感动了上苍，六天之后，奇迹出现了，小白朴竟在元叔的臂腕中得汗而愈，遗山大喜，连连称奇！从此，白朴姐弟因祸得福，受恩、受教于元好问。白朴从小得好问教养之恩，饱读诗书，学业有成。白华随金哀宗出汴梁组织救兵后不久，崔立叛变献城，白华几经辗转，终成

"楚囚"。蒙古窝阔台汗九年（1237年），白华获释，遂投靠五路万户史天泽而居真定，元好问听说白华已归真定，便于1237年秋，送白朴姐弟归白华抚育。白朴父子在史天泽的关照下，在滹沱河北岸的滹阳（今河北正定）居住下来。蒙古贵由汗二年（1247年，南宋淳祐七年），白华与元好问等在封龙山庙学任教授教传"进士业"，白朴也从父在封龙山习进士业。白朴在这一时期，"律赋为专门之学"，为今后的词曲创作打下了坚实的基础。元好问对白朴超人的天赋和出色的学业十分欣慰，曾写下"元白通家旧，诸郎独汝贤"的诗句，从中可见他对侄儿的怜爱之情。

元曲，从元好问、白朴写起

散曲是随着宋词的衰落首先在北方兴起的一种韵文新样式，散曲和杂剧统称元曲，它和词一样，是以小令和套曲为主要形式，可以配乐歌唱的长短句歌词。小令是单曲，套曲则是由两支以上宫调相同的单曲连缀而成的组曲。散曲把自由体与格律体两种诗歌形式结合起来，带有浓厚的通俗色彩，也是白话新体诗的先声。词曲同宗，散曲与宋词有着十分亲近的近亲血缘关系，最早均称为乐府长短句。不同之处是，词由民间走向殿堂而雅化，散曲则由殿堂走向民间而雅俗共赏，而杂剧的唱词则是散曲的套曲化。这也是为什么散曲和杂剧统称为元曲的原因。"金元文宗"元好问创制了《双调·三奠子》《双调·小圣东·骤雨打新荷》《松液凝空》（秩）三首散曲曲调，存世散曲有十四首，其中四首为残曲。其数量虽不多，却标志着一种新的文体——散曲的诞生！

白朴传世的散曲有小令三十七首，套数四首。白朴散曲化的词，走出了宋词日渐教条繁缛的困境，以叹世、写景、闺怨为主，如《庆东原·叹世》《沉醉东风·渔夫》《天净沙·春》《阳春曲·题情》等。

《白朴全集·曲雄抟云霄》中，客观地评价了白朴的散曲创作。白朴崇尚苏辛那种刚健豪放的曲风和"一语天然万古新"的创新精神，在豪放之外，不乏清丽婉约之美；在典雅之中，略有自然淳朴之风。"他的文字清丽、格律严谨、文学性较强，除小令《阳春曲·题情》较为通俗外，大多数的散曲更接近于词的创造手法，"作者分析了白朴的散曲创作，引用了明代朱权在《太和正音谱》的评价："仁甫（散曲）之词如鹏抟九霄，风骨磊块，词源滂沛。若大鹏之起北溟，奋翼凌乎九霄，有一举万里之志，宜冠于首"，同时引用了梁乙真在1934年写的《元明散曲小史》评价："（白朴散曲）俊逸有神，而小令尤为清隽，其成就则高出其剧曲之上。"从而得出结论：白朴是元代少有的词曲二体兼长的作家，从元好问开始，这种"类词化"在散曲中后期不断深化，也成为散曲（包括杂剧）文采派的一大特色。直到元中后期，以乔吉、张久为代表的"清丽派"形成，将散曲文学这种"类词化"的文采性推向极致，从而奠定了元好问、白朴"北方元曲开派大师"的地位。

白朴是中国戏剧的奠基人

文学史上，不少的评论家认为关汉卿是最早写杂剧的作者。《白朴全集》否定了这一说法。原因有二：

首先，白朴比关汉卿早生十六至二十三年。韩瑞根据胡适、吴梅、冯沅君、孙楷第、吴晓玲、王季思等戏曲文学专家对关汉卿"金遗民""初为杂剧之始""大金优谏"等说的否定之说，在《白朴全集》中，确定关汉卿的出生年月"当在蒙古马乃真后元年与海迷失后几年之间（1242—1249）"，而非"金遗民"，亦非"大金优谏"；相反，白朴的"金遗民"身份一直很确定,生于金正大三年(1226年),金亡时已八岁。白朴比关汉卿早生十六至二十三年。其次,白朴搞杂剧创作,起码比关汉卿早二三十年。关汉卿领军的"玉京书会"最早成立于元大都建成不久的1276年(南宋景炎元年;元至元十三年),此时,白朴五十一虚岁,与父亲白华因作杂剧与辞荐问题而产生矛盾,已抛家浪走江湖十余年,与北方戏剧界失去联系,并且以创作词为终身事业;杂剧的兴盛是随着社会的发展和繁荣而兴盛的,关汉卿的主要活动在元大都期间,"玉京书会"更大的可能是成立于元贞、大德年间(1295—1307)杂剧的鼎盛期,此时,白朴已年届七旬,定居金陵,参与"玉京书会"的可能性亦不大。白朴搞杂剧创作,起码比关汉卿早二三十年!"至于马致远、王实甫、郑光祖,他们都是元代后期作家,更不在元曲产生阶段。所以,白朴"初为杂剧之始"说法合情合理。

此外,韩瑞先生经过考证,将白朴的卒年推断为1310年,比原来的1306年推迟了四年。韩瑞经过多方考证,发现《满江红·云鬟犀梳》一词作于1310年(元至大三年)春,为白朴游别燕城(今北京)时所作。1310年后,白朴行踪无法考证,所以白朴生卒年可定为1226年至1310年。白朴逝世后,"葬正定朱骆村之茔,圹有石蟾"(《白氏宗谱》),朱骆村在真定府灵寿县(今河北省灵寿县)。

经查证,白朴的父亲和弟弟都葬于正定(原称真定县)朱骆村。

白朴一生创作杂剧十六种,代表作主要有《唐明皇秋夜梧桐雨》《裴少俊墙头马上》《董秀英花月东墙记》等。《梧桐雨》文采焕发,清新隽永,典雅华美,具有很强的文学性和可读性,是评论界公认的文采派开派式作品。《墙头马上》与《梧桐雨》相比,更注重戏剧矛盾冲突的营造,剧情跌宕起伏,舞台戏剧效果更强烈,更显戏剧本色;《东墙记》是白朴的早期作品,为后期杂剧和南戏的创新提供了借鉴。同时,《东墙记》在杂剧体创新等方面,借鉴了南戏的多角演唱等程式,亦可视为白朴下江南为南戏创作的新式剧本。这些作品为元杂剧的创作和发展提供了可资借鉴的方法和范本，堪为中国戏剧的奠基之作。

白朴开文采派戏剧先河

在元叔的艺术熏陶下，"读书颖悟异常儿，日亲炙遗山，謦咳谈笑，悉能默记"的白朴，全面继承了叔父元好问作词的传统功夫和作散曲的最新方法，用于杂剧创作。把以前只是由艺人口口相传的叙事体式的宋金院本杂剧，创新成为有代言体戏剧程式，并有鲜明人物形象、矛盾冲突和高潮的新的中国戏曲形式，也使新杂剧形成既有表演特性，又有文采和可读性的文学剧本！"士大夫作杂剧者唯兰谷耳，此外杂剧大家如关、王、马、郑等，皆位不著，在士人与倡优之间"（王国维语）。

白华父子在真定（今河北正定）定居后，当时的真定正是北方元杂剧的中心。元杂剧作家除大都人外，大部分是真定人。此时，白朴便参与了由史泽天九子、封龙山学友史樟组织的"九山书会"等杂剧创作团社。白朴"曲己降志，沉抑下僚"，与民间杂剧艺人来往甚密，热衷于为他们填词写戏，遭到父亲的强烈反对。因当时的杂剧创作者，一般是"门第卑微、职位不振"的社会地位较低的人，正如谢枋得在《送方伯载归三山序》中所说："我大元制典，人有十等：一官二吏……七匠八娼九儒十丐"，知识分子竟然被排到娼妓之后，成为"臭老九"。他们混迹于勾栏瓦肆，表现为浓烈的隐逸情调和浪子风流。但白朴是个例外，他把幼年习诗赋的修辞造句手法，用于杂剧的创作，因此，白朴也是唯一称得上文人的剧作家。此时正值元曲杂剧初创时期，白朴在封龙山学友李文蔚、史樟、尚仲贤、侯正卿等人的协助下，把真定的杂剧创作和演出推向繁荣。白朴所创作的杂剧，曲文道白文采飞扬，词源滂沛而清丽典雅，排比对仗流利工整，音节协和且寄情高远，开杂剧文采派之先河。同时，为了适应戏剧本色的自律性，他的曲白又是那样明畅。他善用典故名句，但追求简明，力避生疏陈涩；他巧化民间口语，又刻意铸炼而尽达浑朴自然。他那承唐继宋的文学功底，对宋杂剧、金院本的表演程式、唱词、道白等方面进行了创新，从而强调了引人入胜的戏剧冲突和生动鲜明的人物形象，使行院口口相传的院本杂剧有了文学剧本，也使杂剧在保证演出特色的基础上，第一次有了文学性，达到雅俗共赏的美学境界。王季思教授主编的《中国十大古典喜剧集》中写道："白朴以词家修辞造句手法入曲，而开元曲文彩一派。"所以，白朴是元曲四大家中唯一能称得上正统文人的作家，是唯一能说清楚家世等问题的人，更是有能力创新元曲杂剧的文学戏剧巨匠！韩瑞考证，元曲四家除白朴擅词作外，其余几人均无有词作的记载，这也是白朴开文采派戏剧先河的基础所在。

正定是比元大都（北京）更早的元杂剧中心

杂剧是随着当地经济、文化及政治的发展水平而兴衰的。韩瑞先生在对正定实地考察中，了解到真定是金末元初仅次于大都却早于大都的杂剧活动中心。

正定自古就有"中国咽喉通九省，神京锁钥控三关"之说。早在1227年，史天泽驻守真定府，他"招流散，抚疮痍，披荆棘，掇瓦砾"，这样，真定在战争间隙中发展经济、文化等方面幸运地早于中都燕京而繁盛起来，使之成为"天下之巨郡，四方之都会"（见《河朔访古记》）。马可·波罗游览真定后说，真定是座贵城，居民"恃工商为生，""织金锦丝罗，其额甚巨"；元代诗人陈孚称真定"千里桑麻绿荫城，万家灯火管弦清"；纳新在《河朔访古记·常山郡部》中，写到真定南门阳和楼时说："左右挟二瓦市，优肆倡门、酒垆茶社、豪商大贾、并集于此。"真定能成为比大都还早的杂剧中心，是以如此繁荣的城镇和众多热心的富商观众等做基础的。城镇的繁荣，加上史天泽的荫护，许多金朝遗老、文化学者如元好问、白华、王鹗、王恽等纷纷前来依附。同时，史天泽资助的以史樟为首的封龙山庙学同学为主体、以创作杂剧散曲为主的"九山书会"，团结了一大批杂剧作家。据钟嗣成《录鬼簿》载，元杂剧"名誉昭然"的作家有五十名，其中除大都十七名外，正定就有七名：分别是白朴、李文蔚、尚仲贤、戴善甫、侯正卿、史樟等，所创作的杂剧达五十七种。

"贞祐南渡"后，金宣宗在1214年正式下诏金都南迁，在中都（北京）设大兴府。1215年，蒙古军攻占并火烧中都，直到忽必烈即位后第八年（1267年），才在中都的东北郊新选宫址，着手重建皇宫。在火烧金宫五十七年后（1271年），元大都主体宫殿及土城墙建成，元世祖忽必烈迁都燕京，蒙古人定国号为元，更名大都。1285年，世祖下诏，"旧城居民迁京城者，以资高及居职者为先"。此后十余年间，有四五十万居民自金中都故城迁入大都。大都的经济、文化及相应的杂剧才逐渐进入鼎盛时期。到元成宗元贞、大德年间（1295—1307），才涌现出关汉卿、马致远、王实甫等杂剧大家。

爱国词人白朴

过去的不少研究者认为，白朴是一个拈花惹草、放浪形骸、不走仕途的风流才子，但是，随着韩瑞先生对白朴研究的深入发现，白朴是一位很有见地、讲求实际、极有孝心、学识渊博的伟大的爱国主义词人。有句名言叫"义愤创造诗人"，白朴经历了蒙军两次入侵金朝，致使白家两次家破人亡之痛。特别是在"壬辰之难"中，母亲受辱而无归，父亲事三朝而置闲，对他触动很大。他儿时忌荤，祈祷父母平安归家,"仓皇失母"后,便不与蒙人交往,两次拒荐,不做蒙人的官!他因作杂剧和辞荐,与望子成龙的父亲白华发生矛盾,而无奈抛家遍游大江南北,寄托"孤愤"心境;他凭吊故国山水,激扬兴叹文字。他有时"梦觉庐山"、"舟泛江雪";有时送客藤王阁,开宴岳阳楼。他"三入岳阳人不识",他又几下扬州"逢人说"……有时他气冲霄汉,恨不得"秋空一剑横霜雪"而斩尽天下不平事;有时却悲悲切切地"回首北望乡国,双泪落青筇"。他虽羡慕陶渊明的"结庐在人境",但又不得不面对"蕞尔倭奴,抗衡上国,挑祸中原",为"棋罢不知换人世,兵余犹见川流血"的社会现实而义愤填膺,无奈地"饮恨吞声哭"……在仕途上,对于监察师巨源的举荐,他先是"再三逊谢",后写下了《沁园春·自古贤能》,冒犯上之罪,向统治者发出了最后的绝荐宣言。白朴那"视荣利蔑如"的秉性,成就了他在元代词坛的伟大业绩。

《天籁集》是白朴唯一亲自编订的作品集,收有105首词。作品以咏物纪游、怀古喻今、闺怨恋情和贺赠和对类为主。王博文在《天籁集·序》中写道:"元遗山之后,乐府名家当然应数太素了……其词语遒丽,情寄高远,音节协和,轻重稳惬,无论当歌对酒,还是感事兴怀,均如从肺腑流出。"

晚年的白朴,因其同父异母的小弟白恪在金陵(今南京市)做官,白朴率全家老小定居金陵。这是一段田园般的生活,他租赁学田、官田,为丈量土地而"费尽长绳,系不住西飞白日";他十分关注民情,当"一川禾黍,不禁满地螟蝗"的蝗灾肆虐之时,他大声疾呼:何来"长安毒手","变教四海金穰";在咏游、怀古喻今的词赋中,他那愤世之情得以宣泄,那老来丧偶的"鲍瓜"心境在亲情、友情中得到慰藉。他似乎找到一块"长林丰草""鱼鸟溪山"的静地,可是,每当痛定思痛、见景生情之时,悲愤之情又会占了上风。韩瑞先生发现,他在这一时期所作的怀古之词,一改"谁是谁非暗点头"那种明哲保身的消极态度,借古喻今,露骨地宣泄对元朝异族统治者的不满情绪与反抗精神,特别是那首《水调歌头·楼船万艘下》词中写道:"莫唱后庭曲,声在泪痕中!"号召人们此时不要再像陈后主,唱那"后庭曲"之类的淫靡亡国之音,要在悲愤落泪之时,奋起呐喊抗争!刘大杰在《中国文学发展史》中称:"在他的《天籁集》里,他的词上有良好的成绩,他的生活严正,品格很高。"韩瑞先生全释白词《天籁集》后发现,白朴是元代文学界少有的硬骨头!称其为爱国词人当之无愧!

(2014年发表于《山西日报》《忻州日报》)

 赏 析

  这是一篇文学评论,读完最后一节,掩卷思之,方知韩瑞先生的《白朴全集》论证了元曲从元好问、白朴写起,论证了白朴是中国戏剧的奠基人,白朴开文采派戏剧先河,河北正定是比元大都(北京)更早的元杂剧中心,确立了白朴由传统宋词向早期元曲过渡的"初为元曲之始"的开派式文学戏剧巨匠和爱国词人的地位。这对于《白朴全集》的作者韩瑞来说实属不易,十七年追寻,孜孜以求,对于白朴研究做出了重要贡献;对于评论者来说亦实不易,认真研读,条分缕析,把《白朴全集》的特点和重要贡献提炼出来,加以自己的理解,进行阐释,不下一番功夫是写不出此文的。

  此文论点鲜明、论据充分、旁征博引、史料丰富,行文流畅自然,富有文采,对于白朴研究具有可资借鉴的重要价值。

(彭图)

该书写怎样的故乡?
——读王改瑛散文集《乡约如酒》

/ 毛郭平

当故乡作为人们谈论话题的时候,它已经从空间上远离了人们,而谈论者正是借助这空间的距离来对它进行一番"审视"。那些原本失去光华的岁月因了人们的审视如昨日般熠熠闪耀,那些曾经的人和事因为时间的淬炼都浮现在人们的脑海愈发鲜活生动,于是,重回故乡,寻找关于故乡的种种痕迹,借以还原与自己有关的见闻,确证自己曾经是或者永远是属于那个地方的人,便成为书写故乡的冲动。散文集《乡约如酒》就是王改瑛关于故乡的书写,作者在文集中既表达着关于往事的追忆与眷恋,也流露出在岁月的流逝中对于故乡的反思与忧虑。

对远离者而言,故乡的一切都如同陈酿的酒一样值得细细品味。所以每每在返乡之际,原本最平淡无奇的东西可能会滋生出别样的情怀。对于长期未曾远离故乡的人而言,已经枯黄了的衰草往往携带着冷漠与死寂,但对于一个久已厌倦了城市的繁文缛节与清规戒律期待回归乡村的人来说,这却是释放心灵的最佳去处。"经冬的衰草黄绒绒的,从我的脚下忽高忽低地一直铺到村口,并见缝插针地长满房基和墙根,我的圆口黑面布鞋深一脚浅一脚地踩在上面,松软得很,这是省城东海酒家高级地毯无法媲美的,城里人只能在指定的时间到指定的地点去踩地毯,而我则随时随地都可以。"(《走不出的村庄》)局限在特定时间与特定空间的幸福岂能与随时随地任性地享受大自然的恩赐媲美？这几乎是所有关于故乡的通行的写法，无论书写者在他乡的生活是衣食无忧抑或食不果腹，远离故乡的人在谈到故乡的时候都难免使用了爱屋及乌的滤镜。这个滤镜适应故乡的一切，即便是人们最平常的一句问候语，都可能引起书写者的满足感。"人常说，嫁出去的姑娘泼出去的水，姑娘出嫁后回娘家，走到村口，人们会问：'来了？'对我也不例外，但因我经常回村子探望母亲之故，村里人现在便改口为：'回来啦'？这使我有种被认同的满足感。"（《栅口上的乡亲》）贺知章曾面临着"笑问客从何处来"的尴尬，对于贺知章而言，本是故乡人，也知故乡事，满怀期待回乡之后，却被当成客人，这使得他在"主"与"客""来"与"回"的语言纠葛中进退失据。与贺知章的回乡遭遇不同，王改瑛其实对自己的身份归属有着清醒的认识，从传统的乡约中来看，她只不过是众多出嫁女中的一员，也就不再是这个地方的人，所以主动或者被动地认同"客人"这种身份的界定，认同乡亲们"来了"的问候。由于她经常回村探望母亲，乡亲也就从心理上接纳了她，也就赋予了她与乡亲一样都属于这个乡村的人的身份，因而，乡亲们对她的问候从"来了"变成了"回来啦"。从"来了"到"回来啦"只不过是完成了语言学层面的语义重复，但是对于她而言，这个"回"字却具有了以言行事行为的作用，因为"回"参与了她的身份的建构，将她从一个外来者变成了他们中的一员，唯其如此，她方能享受着被认同的幸福感。于是她索性有了在故乡新盖房院的宏图，一旦这样的愿望变成现实之后，她又会很欣赏在故乡的一切，即便是一个小小的动作都可以引发作者的一番遐想，比如她用笤帚掸掉头巾上的黄土，欣赏自己踩在黄土上留下的两个脚印，"就像欣赏木雕的窗棂，石雕的石鼓和砖雕的照壁，这是我劳动的见证，我的价值所在"（《走不出的村庄》）。乡村的宁静平和、乡情的温馨甜蜜使得作者对乡村充满了向往，乡村的接纳与包容使得作者与那些住在城市里努力忘记自己乡下人身份的人相比，多了份坦然。其实，长期生活于乡村的人对自我的身份有着坚守与不舍。比如作者向母亲提出离开乡村到城里住高楼的请求之后，母亲在乡村与城市、土地与女儿的选择中毅然选择乡村与土地，因为在母亲看来，她与城市彼此都无法接纳对方（《收秋》）。

故乡对于离乡者而言，无不充满了斑斓的色彩，那里承载着过往的点点滴滴。一旦将这些书写出来之后，其中的不睦、生活的艰辛、人性的丑恶都会被选择性地遮蔽，只剩下恬淡、闲适与美好。换句话说，关于故乡的一切经过了书写者的情感过滤，关于故乡的爱恋成为书写故乡的底色——"月是故乡明"。但是，如果关于故乡的书写都停留在这样的层面的话，那么所有人的故乡可能会出现千"乡"一面的情形。王改瑛关于故乡的书写，在一定程度上避免了那种专门为故乡写赞歌的写法，而是如同一个史家一样，忠实地记录着故乡的善与恶、美与丑。作者确定了故乡的坐标系——"阳武河"，这条河滋润了两岸的土地，养育了周边的人民，然而这条河也会给两岸的人民带来灾害，它在春秋两季呈现出截然不同的面貌："春水是清凌凌的，它经了雪的净化与洗礼，带着冬的凛冽破冰而来，唤醒沉睡的土地。土地经了它的温润、苏醒、融化，膨松而柔软，孕育着丰硕的秋。秋水则浑浊而迅捷，常挟裹了上游的杂什冲击而来，迅猛、躁动、野性，像一匹脱缰的野马，令人猝不及防。"这是阳武河的姿态，也是故乡的实际面貌。在作者的早期印象中，阳武河成为阻隔自己与外界交流的障碍，于是她在很小的时候希望能离开自己的村庄，跨越这条河去探寻河对岸村庄的神秘，去看看别样的世界。对于有的人而言，阳武河则是梦魇，那个一心想在学校干出一番业绩的幼华，被埋在了阳武河岸边的集体陵园中。他的父亲听到噩耗进入游迷状态随后生病去世；

他的妻子则四处打工供两个儿子上学；他的母亲现在已是风烛残年的老人了……（《出人头地》）作者娓娓道来，看似漫不经心，实则难掩悲伤苦痛。这样的悲痛对于见证者阳武河并不少见。悲惨的故事各个不同，但是它们却停留在作者的记忆中无法消除，成了书写故乡时的另一种底色，也使得《乡约如酒》中原有的温馨与甜蜜增添了感伤与悲情。除了书写了那个特定时代的故事之外，作者也写出了父老乡亲经历的那些苦难。在《西口的父亲》中，作者踏上了寻根之旅。父辈当年走西口的艰辛逐渐浮现在作者的脑际，"河曲保德州，十年九不收；男人走口外，女人挖苦菜"，这样的生活，他们不得不背井离乡，去寻找生活。他们步行着走西口，所有的行装就是"扁担一条，一头扎简单的行李，一头扎捆行路用的食品，身上的一件烂皮袄，白天做衣，晚上当被，'铺前襟，盖后襟，两只脚擩在袖圪筒'，'吃上糠炒面，喝上爬爬水（冷水），进圪肚里瞎日鬼（肚疼），管它日鬼不日鬼，担上担出一身水。'"他们在口外艰难谋生又遭遇各种盘剥，万般无奈又回口内讨生活。在回口内的路途当中又面临着各种不幸："回水弯弯渡口船，挣下银钱往回转。算了账我就起身，拿定主意瞭亲亲，一主万意回口里，没估划路上遇土匪。要命鬼土匪刁眼狼，抢光了银钱还不让。丢了银钱眼流泪，讨吃要饭回口里……"流传至今的民歌或许在现在的歌唱者看来只是音域的宽广与声带的震颤幅度，也或许只是田野调查的完整史料，然而，民歌中所承载的那些苦难与不幸，却无法悄然褪去，或许会成为人们心中永远的痛，尤其是对于那些亲历者以及他们的后人更是如此。作者在《乡约如酒》中对大量民歌的吟咏，是对那段不堪岁月的回首，也是对故乡历史的正视。可见，人们并不会选择性失忆，那些无论是好是坏是道德的抑或不道德的人和事，都可能停留在人们的记忆深处，而能否将那些不愿被提及或者不能被提及的过往书写出来，这涉及一个书写者的写作姿态。所以，既能以审美的眼光来描绘故乡光鲜亮丽的风景，同时亦能客观地呈现故乡生活中色彩晦暗的一面，这样的书写才是故乡的本真面貌。既非因身在其中缺乏比照的对象而沉溺其中削弱了审视，又不是从一个他者的视角来写作形成审美性的猎奇，唯有立足于内外兼顾的视角，书写者方能对故乡形成独特的观照，使得其作品具有"风俗史"的意味。这使得王改瑛在诸多的故乡书写中具有了独特的价值。

王改瑛不耽于对故乡的人和事的书写，她试图在对故乡的书写中表达她的思考。马克思《共产党宣言》在谈及资本主义生产变革给社会带来巨大影响时就指出："一切固定的僵化的关系以及与之相适应的素被尊崇的观念和见解都被消除了，一切新形成的关系等不到固定下来就陈旧了。"在工业化城镇化的过程中，许多乡村正在消失，与之一起消失的还有人们的精神故乡。这种忧虑在作者的故乡书写中多次呈现。比如三吉村的戏台，曾经是十里八乡的人所钦慕的对象，寄托着人们的情感和美好，"心里想说的话，想做的事，没地方说，全让这戏台给演绎了。戏文里说出了自己平日不敢出口的话，做出平日不敢做的事，对村里人来说是一种情感的宣泄。"（《戏台》）戏台上演的戏文的变化，戏台在人们的生活中作用的变化也呈现出社会政治、经济、文化的变化。只是，如果以前的戏文还可以从男女咏歌到样板戏再到新编历史剧的变化的话，那么原先三吉村在周边村子独有的戏台所具有的那种吸引力已经不再，因为周边村子也都相继建起了自己的戏台。更有甚者，戏台原有的受众已经开始转向了歌舞厅、游戏厅。戏台的美好唯有还停留在台根儿的几个老人享受，"台根儿底那些含旱烟锅子的老者们仍如醉如痴，还得不时回头责备那些热包子也塞不住口的猴娃儿们，只是这些老者竟也寥寥无几了。"（《唱大戏》）在这样的悲叹声中作者自我安慰，这是文明更迭中必然会出现的情景。如果说戏台承载了许多人的记忆的话，那么人们聚集在一起精神生活的状况也会让人唏嘘不已。

　　青山遮不住，毕竟东流去，我们今天对新出现事物的责难或许会变成明天的努力挽留。当一切都将成为过往，我们该书写怎样的故乡？或许《乡约如酒》能给我们一些启发。

　　　　毛郭平，山西洪洞人，文学博士，太原师范学院文学院副教授，硕士研究生导师。山西省作家协会第二届签约评论家。

后 记

　　离乡已经四十多年了。这些年，乡思像化不开的砖茶，或浓或淡，或远或近，似有似无，始终在过滤着我的灵魂，愈久愈醇……不经意间，忽然发现，我从来没有离开过故土，离开过乡亲们。当年轻的浮躁、彷徨、虚无渐渐被滤去了的时候，我发现我的心地竟这样纯净、真诚、宽厚、豁达，那是故乡赋予的、得天独厚的、任何人不会掠走的。那渐渐久远了的乡音，蒙着一层淡淡的忧伤；那愈来愈浓了的乡情，饱蘸岁月的激情；那个火红的年代，像一块飘逝的红纱巾，虽远去了，却留下抹不去的印痕……如今，我们处在一个高质量发展的时代，在乡村振兴过程中，应特别注重乡村文化记忆工程建设，让沉淀于人们心底的真善美，让良好的乡风民俗，成为滋润人们心灵、引领时代风尚的标杆，让美好的道德和人性成为我们这个时代永恒的奠基石，绽放出无限的魅力。这便有了此书的出版。

　　在此，与大家共酌。

王改瑛